全国小学生《ぜんこくしょうがくせい》
おばけ手帖《てちょう》

とぼけた幽霊《ゆうれい》編《へん》

田辺青蛙 原案　岩田すず 作

静山社

目次

はじめに

みなさん、こんにちは。〈怪談《かいだん》おばさん〉こと、田辺青蛙《たなべせいあ》です。

わたしは、小学生のころから怪談《かいだん》が好《す》きで、いつか幽霊《ゆうれい》や妖怪《ようかい》に会ってみたいなと思いながら毎日をすごしていました。

ざんねんながら、幽霊《ゆうれい》や妖怪《ようかい》は恥《は》ずかしがり屋《や》が多いのか、出てきたらつかまえてやろうと考えていたわたしに恐《おそ》れをなしたのか、実際《じっさい》にあらわれてはくれませんでした。でも、クラスメイトの前にはちょくちょく出ていたようで、わたしは当時から、こわい体験《たいけん》をした人の話を聞き集《あつ》めていました。

それから云十年《うんじゅうねん》、わたしはいまだに、幽霊《ゆうれい》や妖怪《ようかい》のことばかり考えてくらしています。そしてとうとう、こわい話を書いたり語ったりすることを仕事にして、怪談作家《かいだんさっか》になりました。全国《ぜんこく》で怪談会《かいだんかい》を開き、〈怪談《かいだん》おばさん〉として子どもたちに怪談《かいだん》を語ったり、子どもたちが実際《じっさい》に体験《たいけん》したこわい話や不思議《ふしぎ》な話を教えてもらったりもしています。

この本にのっているのは、全国《ぜんこく》の小学生が怪談《かいだん》おばさんに語ってくれた、たくさんの不思議《ふしぎ》で奇妙《きみょう》な体験談《たいけんだん》から選《えら》びぬいた、こわくてめずらしいだけでなく、おとぼけでかわいらしいところもある、幽霊《ゆうれい》や妖怪《ようかい》のお話です。中には外国の小学校に通っている子から聞いた不思議《ふしぎ》な体験《たいけん》談《だん》も入っています。

みなさんの身近《みぢか》にも、幽霊《ゆうれい》や不思議《ふしぎ》な存在《そんざい》は、きっといます。もし見かけたら、「おばけ手帖《てちょう》」を作って、記録《きろく》しておくといいですよ。でないと、こういうことってなぜかすぐに忘《わす》れてしまうんですよね。この本を読んで、あ、似《に》た話を知ってる！　聞いたことある！　という人は、ちゃんとメモですよ、メモ。これってすごく大事なことですからね。

小学校にはむかしから、いろんな幽霊《ゆうれい》やおばけが、子どもたちと同じくらい、いや、もしかしたらそれ以上《いじょう》、巣食《すく》っているのかもしれません。

みなさんは、どんな不思議《ふしぎ》な話やこわい話を知っていますか？　ぜひこんど、怪談《かいだん》おばさんにこっそり教えてくださいね。

第1話

落《お》とす子

ぼくのクラスには、
とってもおしゃべりな子がいる。
授業中《じゅぎょうちゅう》も、めちゃくちゃうるさい。
でもなぜか、先生からは、怒《おこ》られない。
しかも、教室は**3階**《かい》なのに、あの子は、

窓《まど》の外からずーっと
話しかけてくるんだ……。

友だちから聞いた話。
「うちの学校には、
むかし、屋上《おくじょう》でふざけていて
転落死《てんらくし》した子の幽霊《ゆうれい》が出る。
もし、その子に会っちゃったら、
何があっても、
返事《へんじ》はしちゃダメだよ。
うっかり返事《へんじ》すると――

地面《じめん》にたたき落《お》とされちゃうんだって……」


ある国語の時間——

運悪《うんわる》く先生に当てられたぼくは、苦手《にがて》な音読をしなきゃならなくなった。

とちゅうで、漢字《かんじ》が読めなくなって、モジモジしていたら、

「〝転落《てんらく》〟だよ」


——耳もとで小さな声がした。

「あっ、そっか！」

ついうっかり、返事《へんじ》をしてしまった。

すると、目のはじに、口もとがニヤリとゆがんだあの子が見えた。

その夜。

ドスンッ!!

ぼくは、
二段《だん》ベッドの上段《じょうだん》から
落《お》ちた。
おしりを打《う》って
すごくいたかったのに、
血《ち》はぜんぜん出なかった。

第2話

すべり台ババア

あの公園のすべり台には、
気をつけたほうがいい。
となりに、うす暗《ぐら》い空き家があるだろ?
あの家には、だれも住《す》んでいない。
なのに、ボロボロのカーテンの
すき間から、視線《しせん》を感《かん》じることがある。
それはきっと、**すべり台ババア**。

すべり台ババアは、ボサボサの髪《かみ》に、
やけに派手《はで》な花がらの着物姿《きものすがた》。
首から**ダランとひもをぶら下げて、**
子どもたちを静《しず》かに見つめている。

ふと気づくと、気配《けはい》が消《き》えている。
「**ほっ**」としたとたん、

すべり台のうらから、
にゅうっと顔を出す。

そして、
ひもを手すりにかけて
首をしめようとしてきたり、
いっしゅんだけ、
異世界《いせかい》に引きずりこんだりするという。
ウワサでは、**7色に光る**とか、
3メートルジャンプできるとも
言われてる。

でも、**3回連続《れんぞく》で**
逆登《さかのぼ》り（すべり台を下から登《のぼ》る）**して、**
ババアの悪口《わるぐち》を言うと――

すべり台ババアきもーい
着《き》モノ全《ぜん》然《ぜん》似《に》合《あ》ってっね

そのすべり台には、
しばらく、
あらわれなくなる
らしい……。

ごめん、ババア言いすぎたわ・・・
そろそろ顔出せよ
3メートルとべるとかスゲーじゃん!!
自《じ》信《しん》もてって

第3話

悪魔《あくま》を呼ぶ
魔法陣《まほうじん》

ぼくのクラスで最近《さいきん》ウワサになってる
〈悪魔《あくま》を呼《よ》ぶ方法《ほうほう》〉——
机《つくえ》にセロハンテープで
魔法陣《まほうじん》を描《か》く。
そうすると、**悪魔《あくま》**があらわれて、
願《ねが》いを2つかなえてくれるんだって。
ただし、机《つくえ》の上でできることだけ。

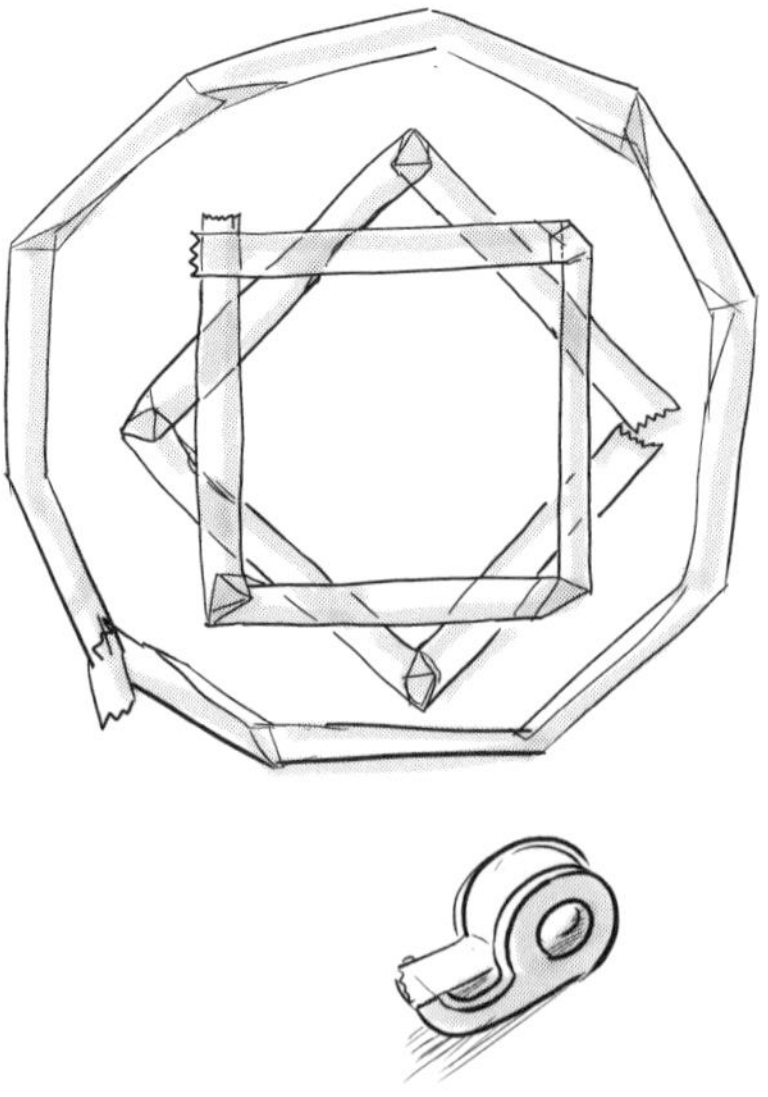

たとえば
「消《け》しゴムを大きくして」とか
「テストの答えを教えて」とか
「宿題《しゅくだい》やって」とか。
だけど……

悪魔《あくま》はウソつきで、いじわる。
必死《ひっし》にたのまないと
やってくれないし、
やってくれたとしても、
わざとまちがえたりもする。

出てきた悪魔《あくま》を帰すには、
魔法陣《まほうじん》のセロハンテープを
ぜったい**30秒以内《びょういない》**に、
はがさないといけない。
もし、30秒以上《びょういじょう》かかって
しまった場合は……

一生《いっしょう》、悪魔《あくま》に取《と》りつかれてしまう。

——机《つくえ》の上だけでね。

悪魔《あくま》にとりつかれたら
やってもらいたいこと4選《せん》
国語
いねむりサポート
ニンジン食べてもらう
消《け》しゴム落とし
ススス
MONO
恋《こい》のキューピット

第4話

血《ち》まみれ ぞうきん

夜、ねているときに、
ぴちょん、ぴちょん……
って音が聞こえることがあるだろ？

雨がふってるわけでもない。
水道のじゃ口が
しっかりしまってないのかな？
でも、洗面所《せんめんじょ》よりずっと近くから
音は聞こえてくる。
……そんなことを思っているうちに、
音は、だんだん大きく、近くなる。
ぴちょん、ぴちょん……
それはきっと――

血《ち》まみれぞうきんのしわざ。
きっと、きみのまくらもとまで
ヒタヒタ近づいてきて、
「しぼっていい？」
って聞いてくる。
だけどぜったい、
「いいよ」って答えちゃいけないよ。
「いい」と言ったら最後《さいご》、
きみの体はメリメリッとしぼられて、
血《ち》をぬかれてしまう。
しかも、
「ダメだよ」
と答えてもいけないんだ。
「ダメ」と言ったら――

ぞうきんが
血《ち》をしたたらせながら
顔の上にかぶさってきて、
息《いき》を止められてしまうから。

ぴちょん、**ぴちょん**……

あの音が聞こえてきたら、
とにかく、
何も気づいていない
フリをするんだよ。
いっさい声は出さないで……。

翌朝《よくあさ》
床《ゆか》、ぜんぜん汚《よご》れてないっ
アイツ拭《ふ》いてってくれたんだー
おぎょうぎいいなー
ピッカピカ

第5話

赤いろうそくのアイコン

学校で使《つか》ってるタブレットＰＣ。
充電《じゅうでん》しようと手に取《と》ったら、

ブブ

ブブブブ

急《きゅう》にふるえだした。　え？

なに？　なに!?

あせって画面《がめん》をタップしたら、

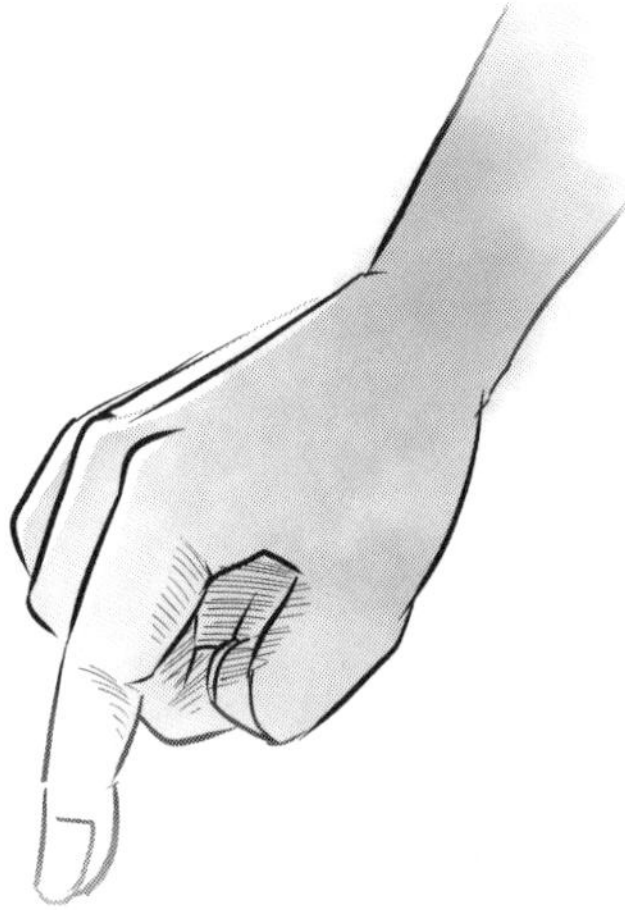

まっ赤なロウソク
のアイコンがあらわれた。

なにこれ!?　ウィルス？

削除《さくじょ》しようとしても、
そのアイコンは全然《ぜんぜん》動《うご》かないし、
反応《はんのう》さえしない。故障《こしょう》かな？
ぼくが勝手《かって》にダウンロードしたって
先生とか友だちに誤解《ごかい》されたらヤだな。
そうだ、お母さんを呼《よ》んでこよう。
ぼくが部屋《へや》を出ようとしたとたん——

ヴヴァン、ヴヴァン

タブレットから、ものすごい大きな音がした。
かけ寄《よ》って手に取《と》ると、
画面全体《がめんぜんたい》が**まっ赤**になった。そして、
すみっこに**黒い点**があらわれた。
その黒い点はだんだん大きくなって……

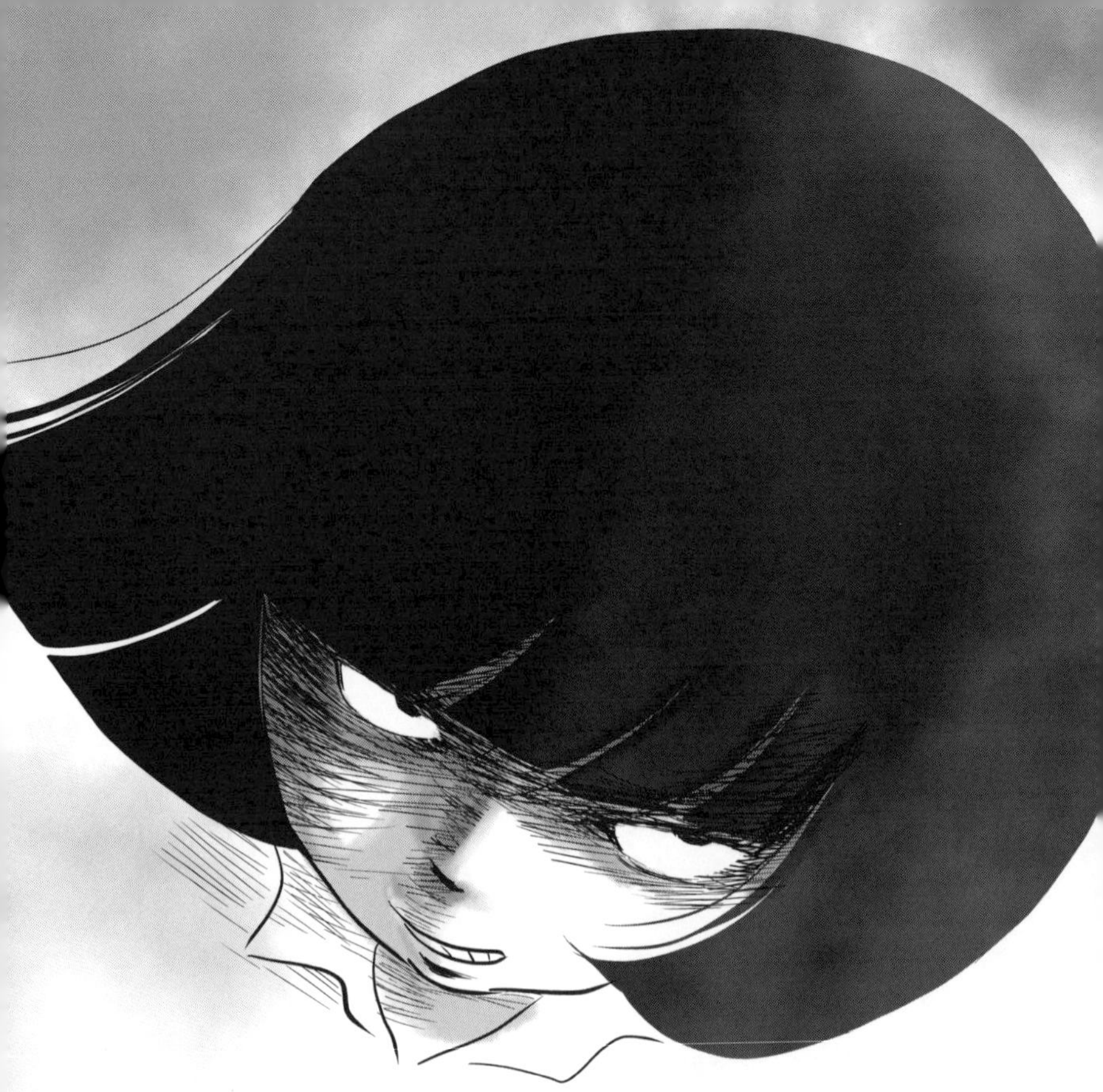

ブウワンとおかっぱの女の子の顔になった。

ビックリして、
ぼくの指先《ゆびさき》が
画面《がめん》のその子の顔に
当たってしまった。
すると、カチッと
クリック音がした。
女の子は、ゆっくりと
ぼくの目を見て……

「ナマエオシエテ」

と言った——。

うわぁ!!

ぼくはあわててタブレットの電源《でんげん》を切った。

——つぎの日。
学校で担任《たんにん》の先生に一部始終《いちぶしじゅう》を話したんだ。
先生は、「そうですか……」と静《しず》かに言って、
ぼくのタブレットに、
そっとお札《ふだ》を貼《は》った。

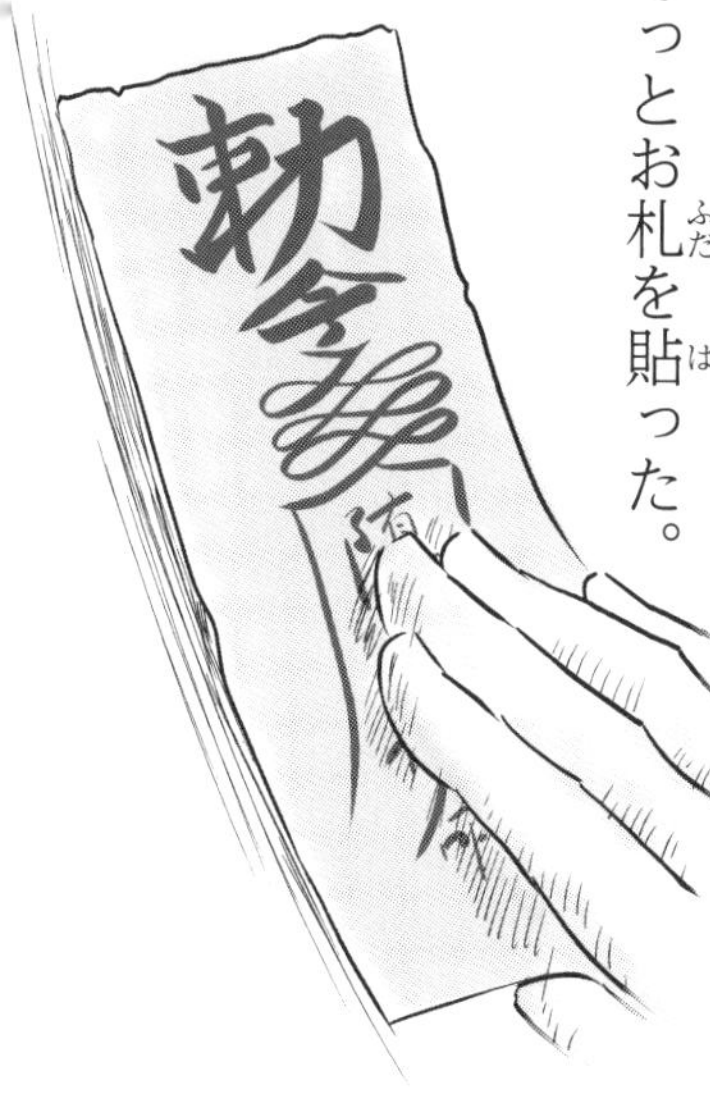

「今日はこのまま持《も》って帰ってね。
宿題《しゅくだい》はやらなくていいです」
え？　超《ちょう》ラッキー!!
宿題《しゅくだい》をやらなくていいなんて！
——でもじつは、全然《ぜんぜん》
ラッキーじゃなかったんだ。

だって、その夜中《よるじゅう》、
タブレットから声がして
まったく眠《ねむ》れなかったんだもん……。

「ナマエオシエテ」
「トモダチニナロウ」
「ネエ……
ナマエエエエェ」

うるせー
おまえが先に
名のれよっ
たしかに……

第6話

黒いふくろ

夏休みの登校日《とうこうび》。
はりきって早く学校に着《つ》いちゃって、
教室には、まだだれも来てなかった。
たいくつだなぁ……。
教室を見回していると、すみっこに、
黒い紙ぶくろが転《ころ》がっていた。
そうだ!
ぼくは、あるイタズラを思いついた。
あれをかぶって、登校《とうこう》してきた子を
おどろかせてやろう!

しばらくすると、ろうかの奥《おく》から、
楽しそうな友だちの話し声が
聞こえてきた。
声は、だんだん近づいてくる。
……よし、今だっ!
頭から黒い紙ぶくろをかぶって、
ぼくは教室の戸を、いきおいよく、
ガラッと開《あ》けた。

ぎゃ———っ!!

3人組のクラスメイトが期待以上《きたいいじょう》におどろいてくれて、最高《さいこう》にウケた。

「ワハハハ！　ぼくだよ、ぼく！」

大わらいしながら、タネ明かし。

すると——

みんなが急《きゅう》に、シンと静《しず》まりかえった。

中のひとりが、こわばった表情《ひょうじょう》をうかべ、ぼくを指《ゆび》さして、言う。

「せ、背中《せなか》に乗《の》ってる、血《ち》まみれの女の子は
……だれ？」

「え……？」

背後《はいご》をふり返《かえ》ってみても、だれもいない。

「逆《ぎゃく》ドッキリ？」

みんなは、ブンブンといきおいよく首を横《よこ》にふる。

そのとき——


ドンッ！


背中《せなか》がとつ然《ぜん》、重《おも》くなった。

ひぃっ！

こわくて、ふり返《かえ》れない。
そのとき、チャイムが鳴った。
とたんに、背中《せなか》が軽《かる》くなる。
——すると

ドサッ！

高いところから、何か重《おも》いものが
落《お》ちたような音がした。
みんなで窓《まど》にかけ寄《よ》って見下ろすと……

まっ黒いふくろが
ズリズリと、
校庭《こうてい》を這《は》っていた。

放課後《ほうかご》、
先生にこのことを話すと、
「その話は、
もうしちゃいけないよ」
と言われた。

「どうして？」

先生は、真顔《まがお》で言った——

「黒いふくろの話をすると、
もっとこわいものが
寄《よ》ってきちゃうから」

第7話

見てって
おばさん

「見てって。見てって……」

学校からの帰り道。

いつも電柱《でんちゅう》のかげから声をかけられるけど、
わたしたちは、足早《あしばや》に通りすぎる。

だってあのおばさん、気味《きみ》が悪《わる》いもん。

あのおばさんはいつも、
重《おも》たそうなむらさき色の
エコバッグをかかえている。
あのエコバッグには、

しゃべる生首《なまくび》が入ってるとか、
大量《たいりょう》の目玉が入ってたとか、
いろんなウワサがある。
モッタリと重《おも》たそうなエコバッグ。
いったい何が入ってるんだろう……？
――そんなある日。
下校の時間、勝《か》ち気なカナちゃんが、
「**今日、わたしが見てみよっか？**」
と、とつ然《ぜん》、言いだした。
カナちゃんは、その日の帰り道、
本当におばさんに近づいて、
思いきりバッグの中をのぞきこんだ。
もどってきたカナちゃんに、
「**どうだった？**」
ってみんなで聞いたら――

カナちゃんは、何事《なにごと》もなかったかのように
明日のたて笛《ぶえ》テストの話を始《はじ》めた。
もう一回「どうだった？」って聞いてみたけど、
聞こえてないみたいに何も答えてくれなかった。

何日かすると、カナちゃんはまた、
帰りにくつをはきながら、
元気な声で言った。

「今日、わたしが見てみよっか？」

……どうもカナちゃんは、
あの日のことを忘《わす》れちゃったみたい。

きっと、おばさんのバッグの中身《なかみ》を見ると、
記憶《きおく》が消《け》されてしまうんだろうな……。

わたしが見てきてあげるっ！
たのむわー
だらしないわねー
カナちゃんもう15回目……ループ再生《さいせい》止まんねー

第8話

ハエをあやつる男

あのおじさんのペットは、**ハエ**。
とても大切に飼《か》っていて、
ハエの言葉《ことば》もわかるそうです。
ハエと散歩《さんぽ》しながら
ハエ語でしゃべってるおじさんは、
まるで本物《ほんもの》のハエみたい。
でも、それをバカにすると……

おじさんに命《めい》じられたハエに
ずっとつきまとわれるし、
ごはんにハエたちがたかってくるし、
大変《たいへん》なことになります。
だから、
みんな不気味《ぶきみ》に思ってるけど、
おじさんの悪口《わるぐち》だけは言いません。

ハエ、マジかっけえ
クワガタなんて、もう古いぜっ
だ…だよなっ

第9話

幽霊《ゆうれい》の
貸出《かしだし》カード

わたしは今年、図書委員《いいん》になった。
この前の委員会活動《いいんかいかつどう》の日、図書室で
本の整理《せいり》をしていたら、パラッと一枚《まい》、
足もとに貸出《かしだし》カードが落《お》ちた。
拾《ひろ》い上げてふと見ると、そこには、
「萩原誠一《はぎわらせいいち》」
という名前が。
あれ？　わたしと同じ名字《みょうじ》。
しかも、なんとなく見覚《みおぼ》えがある……。

貸出カード
冒険者たち
クラス
氏名
5-2
田辺ひかり
貸出日
返却日
印
6/2
6/10
萩原誠一
10/10
10/15

あ、おじいちゃんと
同じ名前！
わたしが生まれる前に、海で
行方不明《ゆくえふめい》になってしまったという、
会ったことのない、
母方《ははかた》のおじいちゃん。

返却《へんきゃく》の日付《ひづ》けは、昨日《きのう》。
でも、うちの学校に「萩原《はぎわら》」は
わたししかいないはず。
いったい、だれなんだろう……？
それ以来《いらい》、わたしはいろんな本の
貸出《かしだし》カードをチェックしてみた。
誠一君《せいいちくん》は、たくさん本を読んでいた。

ある日、誠一君《せいいちくん》が借《か》りていた本と
同じ本を、家の本だなで見つけた。
「お母さん、これ、だれの本？」
「**おじいちゃんの本**だと思うよ」
つぎの日、いけないことかもとは
思ったけど、誠一君《せいいちくん》の貸出中《かしだしちゅう》の
カードのすみっこに、えんぴつで……

孫のじゅん子です。
もしかしておじいちゃんですか。

と書いて、たなにもどした。
そうしたら翌日《よくじつ》――

そうだよ

そのすぐ下に、消《き》えそうなほど
うすく小さな文字で、書いてあった。

でもそれっきり、
「萩原誠一《はぎわらせいいち》」の名前は、どの貸出《かしだし》カードにも、
見つけられなくなってしまった。
わたしに気づかれたくなかったのかな……。
誠一《せいいち》おじいちゃんは、若《わか》いときから、
とても物静《ものしず》かな、照《て》れ屋《や》さんだったそうです。

第10話

崖《がけ》の下の声

今年の夏、ぼくはお父さんに山へ
ハイキングにつれて行ってもらった。
あともう少しで山頂《さんちょう》というとき、
羽が変《か》わった色をした虫を見つけた。
めずらしいなぁと思って、
足を止めて見とれていたら、
いつのまにかお父さんとはぐれてしまった。

うす暗《ぐら》い山道。
木が折《お》り重《かさ》なって倒《たお》れこみ、
どっちへ行けばいいかわからない。
泣《な》きそうになっていると、
どこからともなく声がした。
「……**おーい**」

これは……お父さんの声じゃない。

「**おーい、こっちだぞー!**」

だれかがぼくを見つけて、どこかから助《たす》けようとしてくれてるんだ!

ぼくは必死《ひっし》で声のほうへ向《む》かった。

でもとつ然《ぜん》、草のしげみがとぎれた。

――**崖《がけ》**だ。

「**お〜い、こっちぃ〜**」

声はたしかに、崖《がけ》の下から聞こえる。

勇気《ゆうき》をふりしぼって、

ぼくは崖下《がけした》をのぞきこんだ。

——ヘルメットをした男の人がいた。
しかも、**首から下がない。**

「おーい、こっちぃ〜」

男はこっちをまっすぐ見つめて、
大きな口を開《あ》けた。
ぼくは、あわてて後ずさって、
にげた。
「**おーい、**おーい」
遠のく声を背《せ》に、
必死《ひっし》で走りつづけると……

ドンッ

何かに激《げき》とつして、思いきりコケた。

「びっくりしたぁ。ヒロキだいじょうぶか？」

——お父さんだった。

さっき見た男の生首《なまくび》のことをお父さんに話して崖《がけ》の下を確認《かくにん》してもらったけど……

お父さんには、何も見えなかったらしい。

でも、「お〜い」って声は聞こえたって。

無事《ぶじ》に家に帰り着《つ》くことはできたけど、気味《きみ》の悪《わる》いハイキングになってしまった。

それからしばらくたった、ある日曜日。

新聞を読んでいたお父さんに

「ヒロキ、ちょっと」と呼《よ》ばれた。

お父さんの指《ゆび》さす記事《きじ》には——

静山新聞
大学生、首無し遺体
行方不明から10年
初島英人さん(19)
消えた手がかり
捜査の足取り
N
首津岳
崎村
竹岳

10年前に、あの山で遭難《そうなん》した
大学生のことが書いてあった。
いまだに、
首だけがみつかっていない、と。
あの山は子どもも登《のぼ》れるほどなだらかなのに、
なぜか遭難者《そうなんしゃ》が多いらしい。

しかも、救出《きゅうしゅつ》された人たちは、
「だれかに呼《よ》ばれる声のほうへ
行ったら迷《まよ》ってしまった」
って、きまって言うんだって。
「お～いお～い
お～い」

やめなさい
キャッ
キャッ

第11話

入れ替《か》わり鏡《かがみ》

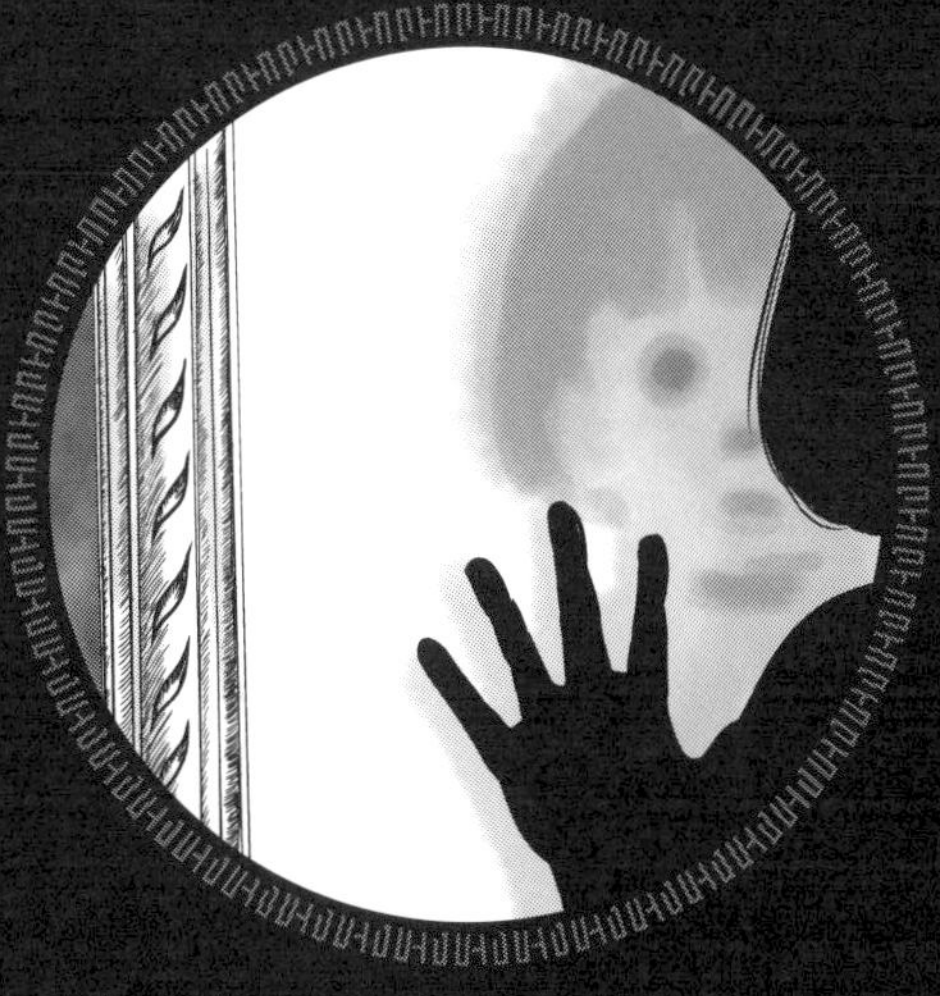

「自分がなんだかズレてるみたい……」

あの鏡《かがみ》を見ているときの
〝奇妙《きみょう》な感《かん》じ〟は
どうにもうまく説明《せつめい》できない。
わたしの学校の西階段《かいだん》、
3階《かい》と4階《かい》のあいだにある
踊《おど》り場に飾《かざ》られた大きな鏡《かがみ》。
校舎《こうしゃ》は5年前に建《た》て直して新しいのに、
その鏡《かがみ》の古びた木わくには、
「1950年　卒業生寄贈《そつぎょうせいきぞう》」
と刻《きざ》まれている。

その鏡《かがみ》の前を横切《よこぎ》るとき、たまに――

ヒタヒタ……


と後をつけられているような足音がすることがある。

ふり返《かえ》ってもだれもいない。

「やめて！」

「ついてこないで！」

などと強くこばめば、足音は止む。

でも、何も言わないでいると――

ずぅ〜っとついてくる。
しかも、**3日間以上《いじょう》**
そのままにしていると――
足音の主《ぬし》と入れ替《か》わられちゃうんだって。

うちのクラスのナツミちゃん。
ずっと右利《き》きだったのに、
このごろは、左利《き》きになってる。
なんだか前と印象《いんしょう》も変《か》わったみたい。
それにね、よく鏡《かがみ》に映《うつ》ったみたいな
左右反転《はんてん》した文字を書いてる。

……もしかしたら、ナツミちゃん、
入れ替《か》わられちゃったのかな？

だとすると、本物《ほんもの》のナツミちゃんは、
どこ行っちゃったんだろう？

ナツミ
左きき
だっけ？
ニセ
ナツミ
ちゃん
カスカス
ぜんぶ右きき用

第12話

幽《ゆう》体《たい》離《り》脱《だつ》草《そう》

幽体離脱草《ゆうたいりだつそう》。

赤い茎《くき》にギザギザの葉《は》が重《かさ》なった
ありふれた雑草《ざっそう》のような植物《しょくぶつ》。
思い切って食べて眠《ねむ》ると、
その夜は、**幽体離脱《ゆうたいりだつ》**ができるようになる。
味《あじ》は、すっぱくてマズい。
幽体離脱《ゆうたいりだつ》がうまくいったときは……

ゆうゆうと空も飛《と》べるし、
カベ抜《ぬ》けもできる。
どこでも好《す》きなところへ行けて、
すっごく楽しい。
けど、やりすぎると……**死《し》ぬ。**

第13話

逆《ぎゃく》のくつ

「くつを左右逆《ぎゃく》に履《は》いたままでいると、
あっちの世《せ》界《かい》から
もどってこれなくなる」
うちの学校にはそんなウワサがあったけど
「あっちってどこよ?」って感《かん》じで、
わたしはそんなに気にしていませんでした。
でも、運動会《うんどうかい》の日——

うっかりスニーカーを
左右逆《ぎゃく》に履《は》いちゃってて、
上ばきに履《は》きかえもしなかったから、
まったく気がつかないままでいた。
そしたら、リレーのとちゅう……

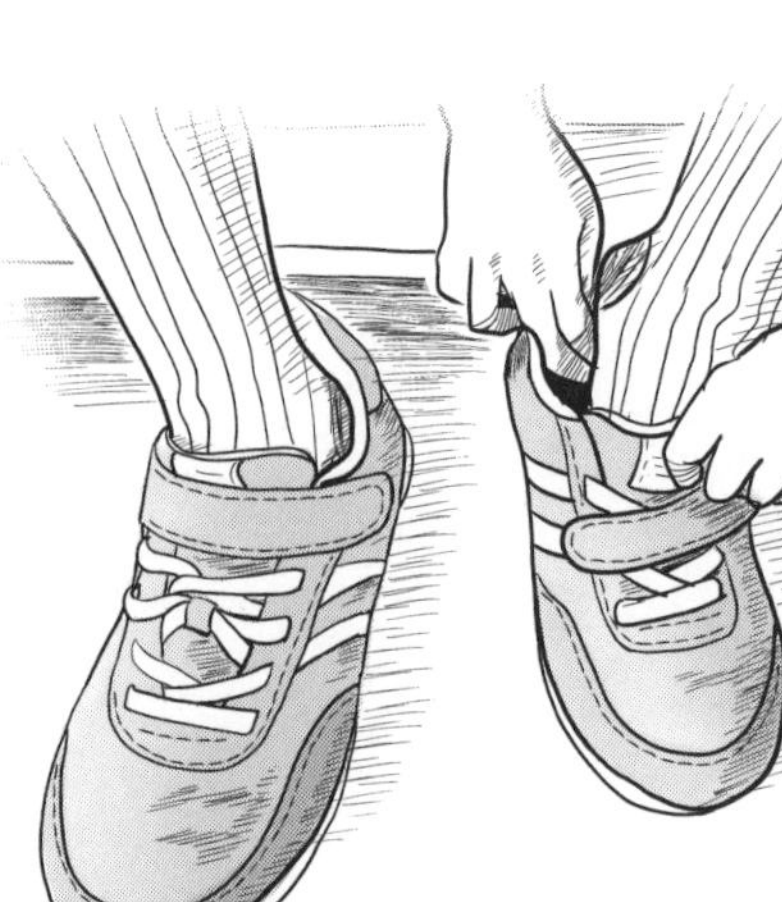

グラウンドを走っているはずなのに、
視界《しかい》がどんどん赤くなって、
ぐじゃぐじゃにゆがんだ模様《もよう》に
かこまれた世界《せかい》を走っている
みたいな感覚《かんかく》になった。
「あ……なんか、ヤバいかも……」

——**ドサッ**。

急《きゅう》に、視界《しかい》がハッキリした。
何人かがわたしを追《お》いこす足、
そして、そこに転《ころ》がるわたしの
スニーカーが、はっきり見える。
わたしは、地面《じめん》にへばりつくように
倒《たお》れていた。
ひざと手のひらが、
ジンジンと痛《いた》い。

わたしは、ぬげてしまったほうの
スニーカーを履《は》こうとして、
左右逆《ぎゃく》だったことに気づいた。
そして、両足《りょうあし》を左右正しく履《は》き直して、
また走りだした。

あとになって、何人かの友だちから、
あの時、走っていたわたしのすがたが
消《き》えそうだったとか、
チラついて見えたって言われて、
「左右逆《ぎゃく》のくつ」のウワサ話を思いだした。

あのまま走り続《つづ》けていたら、
わたし、
どうなっていたんだろう……。

ウソだろっ
人間じゃねえっ
ハア
チーターかよっ
ハアハア
こっちの世界《パラレルワールド》のワタシ・・・
めっちゃ足はやい
てか、みんなおそっ・・・
君《きみ》っ！
オリンピックに出ないかねっ!!

第14話

さっちゃんのおまじない

テストで、どんなに考えても
わからない問題《もんだい》があったときは、
さっちゃんに聞けばいい。
さっちゃんは、とっても頭のいい
女の子。
どんな問題《もんだい》でも答えられる。
でも……

あの世《よ》の子なの。
さっちゃんを呼《よ》びたいときは、
「さっちゃんさっちゃん
教えてくださいお願《ねが》いします。
○○のテストの□問目《もんめ》です」
って4回となえると——

[redacted]っちゃんが、耳元でこっそり答えを
[redacted]教えてくれるって言われてる。
[redacted]この前のテストの時間、
[redacted]うちのクラスのゆうちゃんが、その
[redacted]さっちゃんのおまじない〉をためしたら、
[redacted]サンズイ ニ アオ〝清〟
[redacted]ウカンムリ ニ
[redacted]ゲンキ ノ ゲン〝完〟……」
[redacted]っちゃんから小さなささやき声で
[redacted]解《かい》を教えてもらえたんだって。
[redacted]うちゃんはその日、苦手《にがて》だった
[redacted]字《じ》テストで100点を取《と》った。
[redacted]れ以来《いらい》――

みんなが〈さっちゃんのおまじない〉をするようになったんだ。
すると、クラスみんなの成績《せいせき》が上がって、先生もうれしそうだったんだけどね……
こないだの算数のテストのとき――
問題《もんだい》がむずかしくて、みんながさっちゃんを呼《よ》びすぎちゃったんだ。
そしたら……

「うるさいっ!!」

耳元で、さっちゃんのどなり声がしたと思ったとたん――

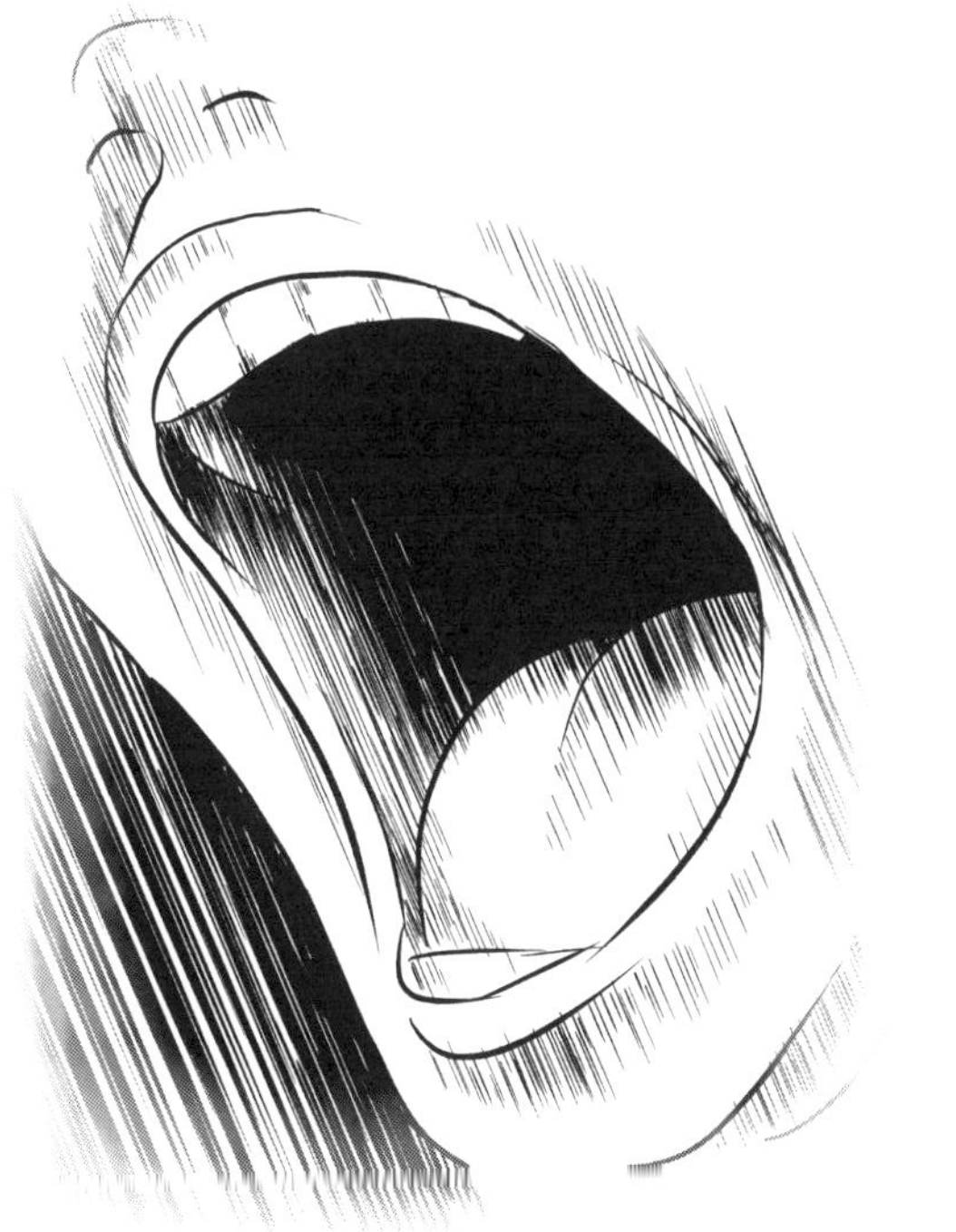

「ギャーーー!!」

とつぜん、教室にゆうちゃんの
悲鳴《ひめい》がひびいた。
みんながいっせいにゆうちゃんを見ると、

手の甲《こう》に、えんぴつが**ズンッ**と
突《つ》きささってた。
でも、となりの席《せき》の子が言うには……

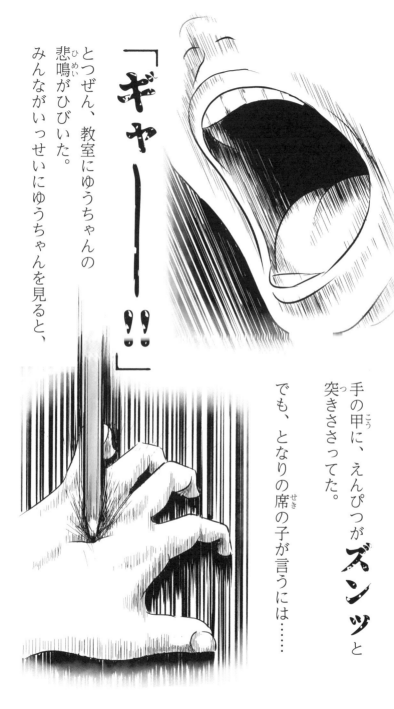

ゆうちゃんは、自分で自分の手に
えんぴつを突《つ》きさしたんだって……。

きっとあれは、
みんなに呼《よ》びだされすぎて
怒《おこ》ったさっちゃんのしわざ。
おまじないを広めたゆうちゃんに
仕返《しかえ》しをしたんだと、
わたしは思ってるんだよね。

ちょっと さっちゃん ここ わかんないん だけど
ブー
こっち まだぁ？
もう一回 せっめーしてー
ブー
ごめんなさい…

第15話

10年前の……

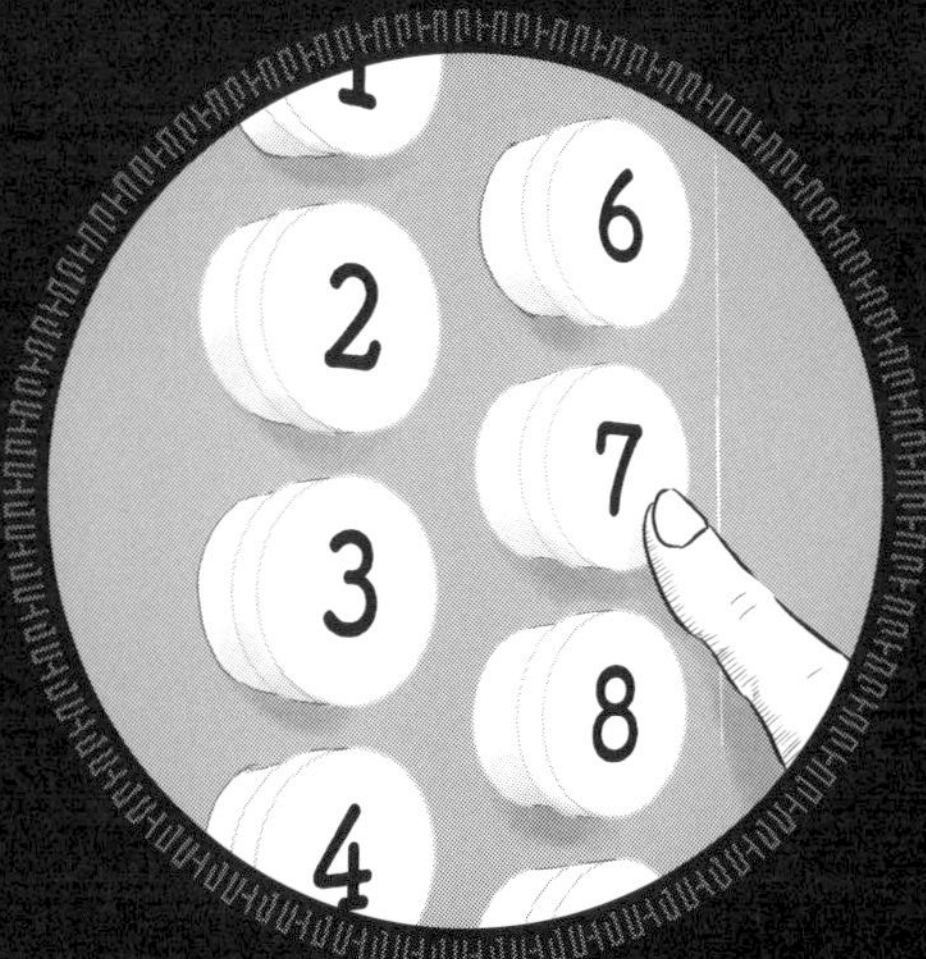

学校の近くにある、10階《かい》建《だ》ての
古い、ねずみ色のマンション。
ほこりっぽくて、うす暗《ぐら》い。
住《す》んでる人も半分いるかどうかって感《かん》じ。
そのマンションにはこんな伝説《でんせつ》がある。
エレベーターのボタンを1から10まで
順番《じゅんばん》に押《お》していって、
最後《さいご》に開《あ》いたとびらの先は――

10年前のそのマンション。

エレベーターをおりてみても、
ぼくらのすがたは幽霊《ゆうれい》みたいで、
住人《じゅうにん》たちには見えないらしい。
そして、1時間以内《いない》に1階《かい》にもどらないと、
一生《いっしょう》、10年前のマンションで、
だれにも見えない幽霊《ゆうれい》のような存在《そんざい》として
すごさなきゃいけなくなっちゃうんだって。

第16話

さびたポスト

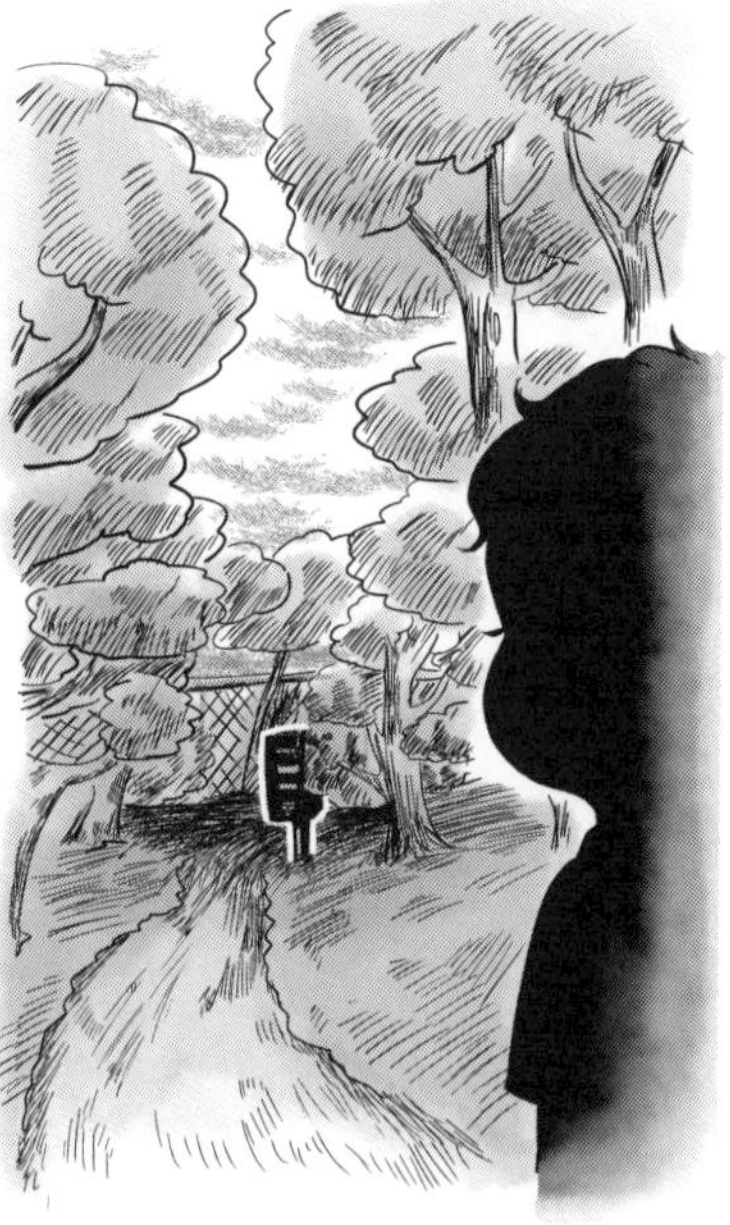

ぼくの学校の校庭《こうてい》の片《かた》すみ。
大きなスギの木のかげに、
ボロボロにさびた
青いポストがある。
先生の話では、むかし使われていた、
速達専用《そくたつせんよう》のポストなんだって。

その青ポストには、
こんなウワサがある。
「こわいはなし
ちょうだい」
って書いた紙を入れるとね……、

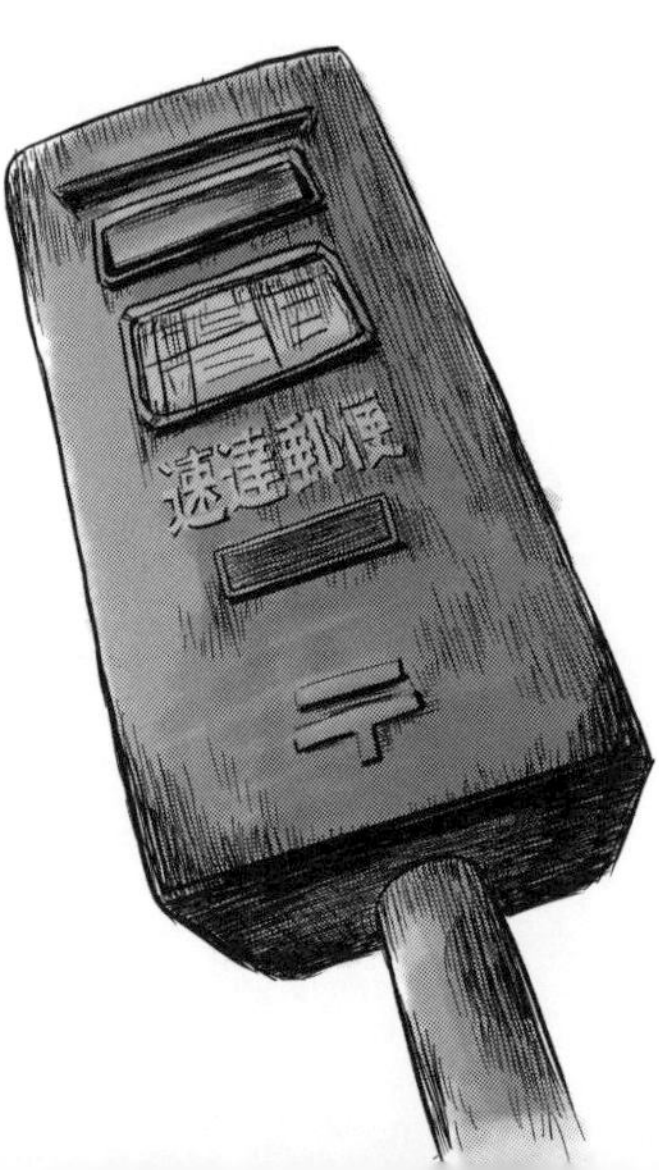

だれも聞いたことがない
ものすごくおそろしい怪談《かいだん》
が書かれた返事《へんじ》がくるんだって。

みんなとてもこわがってるけど、
ぼくはぜったいウソだと思ってる。
だから、このあいだ、実際《じっさい》に
ノートの切れはしに
「こわいはなしちょうだい」
って書いて、
青ポストに放《ほう》りこんでみた。

そんなことをしたのも忘《わす》れた数日後、
ぼくのげた箱《ばこ》の上ばきの上に――

土でうすよごれた紙が、
小さくたたまれて乗《の》っていた。
ぼくはふいに青いポストのことを
思い出して、その紙を開《ひら》くと――

ダレカ
ボクヲ
見ツケテ

って……。
本当の話だよ。

こっちや
こっち
みつけたよっ

第17話

笑《わら》う理由《りゆう》

ヒャッヒャッヒャッヒャッヒャ――

授業中《じゅぎょうちゅう》、とつぜん笑《わら》い声が教室にひびいた。
同じクラスの、エリカちゃんだ。
先生に怒《おこ》られて、エリカちゃんは
はずかしそうにうつむいた。
もうこれで何度《なんど》めだろう……。
おとなしかったエリカちゃん、いったい
どうしたんだろう？　と思って聞いてみたら……

「変顔《へんがお》で笑《わら》わせてくるの、
地縛霊《じばくれい》が――」
ふるえた声で、エリカちゃんは言った。
泣《な》いちゃうかも、と思ったけど、
くく……ブハッとまたふきだした。
エリカちゃんは霊感《れいかん》が強いから、
すごく大変《たいへん》そう……。

第18話

ドーナツのお経《きょう》

なんで、**ドーナツ**なんだろ？
ぼくの学校の近くの公園には、
火曜日の夕方になるといつも、
ドーナツをプラスチックのお皿《さら》にのせて、
お線香《せんこう》をたいて、
ブツブツお経《きょう》をとなえる
おばあさんがいる。
「どうしてそんなことしてんの？」
ある日、思いきって、ぼくは聞いてみた。
「**本当はやりたくない……**」
おばあさんは下を向《む》いたまま、
ボソッとつぶやいた。
「じゃあ、やんなきゃいいじゃん」
ぼくがそう返《かえ》すと――

郵便はがき

料金受取人払郵便

麹町局承認

1109

差出有効期間
2025年5月
31日まで

（切手をはらずに
ご投函ください）

1 0 2-8 7 9 0

2 0 6

（受取人）
東京都千代田区九段北
一—十五—十五
瑞鳥ビル五階

静山社 行

住　所	〒　　都道 府県		
フリガナ		年齢	歳
氏　名		性別	男　女
TEL	（　　　）		
E-Mail			

静山社ウェブサイト　www.sayzansha.com

愛読者カード

ご購読ありがとうございました。今後の参考とさせていただきますので、ご協力をお願いいたします。また、新刊案内等をお送りさせていただくことがあります。

【1】本のタイトルをお書きください。

【2】この本を何でお知りになりましたか。

1.新聞広告(　　　　　　　　　　　　新聞)　2.書店で実物を見て
3.図書館・図書室で　4.人にすすめられて　5.インターネット
6.その他(　　　　　　　　　　　　　　　　　　　)

【3】お買い求めになった理由をお聞かせください。

1.タイトルにひかれて　2.テーマやジャンルに興味があるので
3.作家・画家のファン　4.カバーデザインが良かったから
5.その他(　　　　　　　　　　　　　　　　　　　)

【4】毎号読んでいる新聞・雑誌を教えてください。

【5】最近読んで面白かった本や、これから読んでみたい作家、テーマをお書きください。

【6】本書についてのご意見、ご感想をお聞かせください。

●ご記入のご感想を、広告等、本のPRに使わせていただいてもよろしいですか。
下の□に✓をご記入ください。　□ 実名で可　□ 匿名で可　□ 不可

ご協力ありがとうございました。

「やらないと、この公園で
だれかが取《と》り返《かえ》しのつかない
目にあうって神様《かみさま》に
言われたんだよぉっ！
あたしだって、しかたなく
やってるんだよっ!!」

――これ以上《いじょう》聞いたらヤバい気がして、ぼくはそれっきり、声をかけなかった。

おばあさんは、どんなに天気が悪《わる》くても、たとえ台風がきていても、火曜日にはかかさず、ドーナツとお線香《せんこう》を持《も》って公園にたたずんでいる。

でも、一度《ど》だけ……、火曜日なのに、おばあさんがいない日があった。

そしたら――

ウウゥ——
カンカンカン!!

夜中《よなか》、町にひびきわたる
消防車《しょうぼうしゃ》のサイレン音で目が覚《さ》めた。
大きな火事《かじ》があったんだ。
出火元《しゅっかもと》は、火の気のないあの公園。

……ドーナツぐらいで、
神様《かみさま》キレすぎじゃない？

本当は作りたくない…
カシュカシュッ
ジュウウ〜

大人気 生ドーナツ 最後尾
並《なら》びたくない…
たいへんだなあ…
フムフム
TOKYO スイーツ

第19話

石膏像《せっこうぞう》の涙《なみだ》

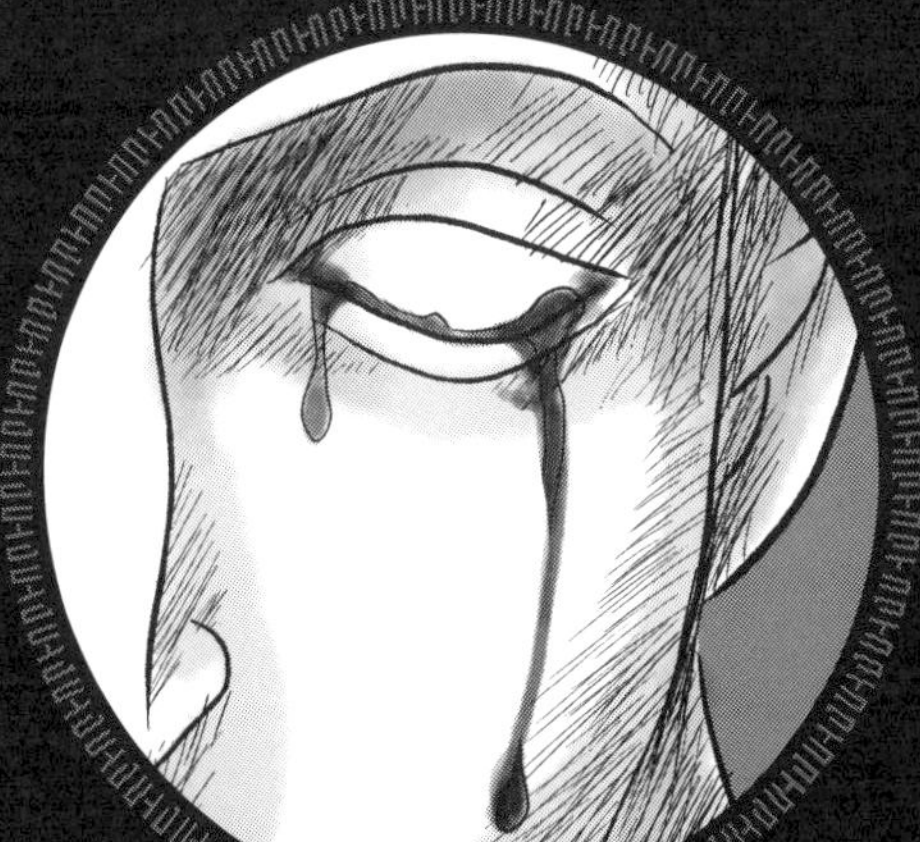

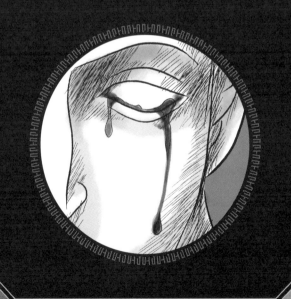

図工室にある石膏像《せっこうぞう》は、
夜中に目から**血**《ち》が出るってウワサがある。
実際《じっさい》に、血《ち》の涙《なみだ》を見たっていう人はいないけど、
目の下にうっすらと涙《なみだ》のすじのあとがあって、
気味《きみ》が悪《わる》い。
ある日、生徒《せいと》のひとりが、まちがって
その石膏像《せっこうぞう》を落《お》として割《わ》っちゃった。
そうしたら、中から——

人間の頭蓋骨《ずがいこつ》と髪《かみ》の毛
が出てきたんだって。そして、先生から、
「このことは、だれにも話さないで」
って言われたんだって。

こっちも
わってみよーぜっ
つぎは何出る
かなー?

第20話

引きずる
ランドセル

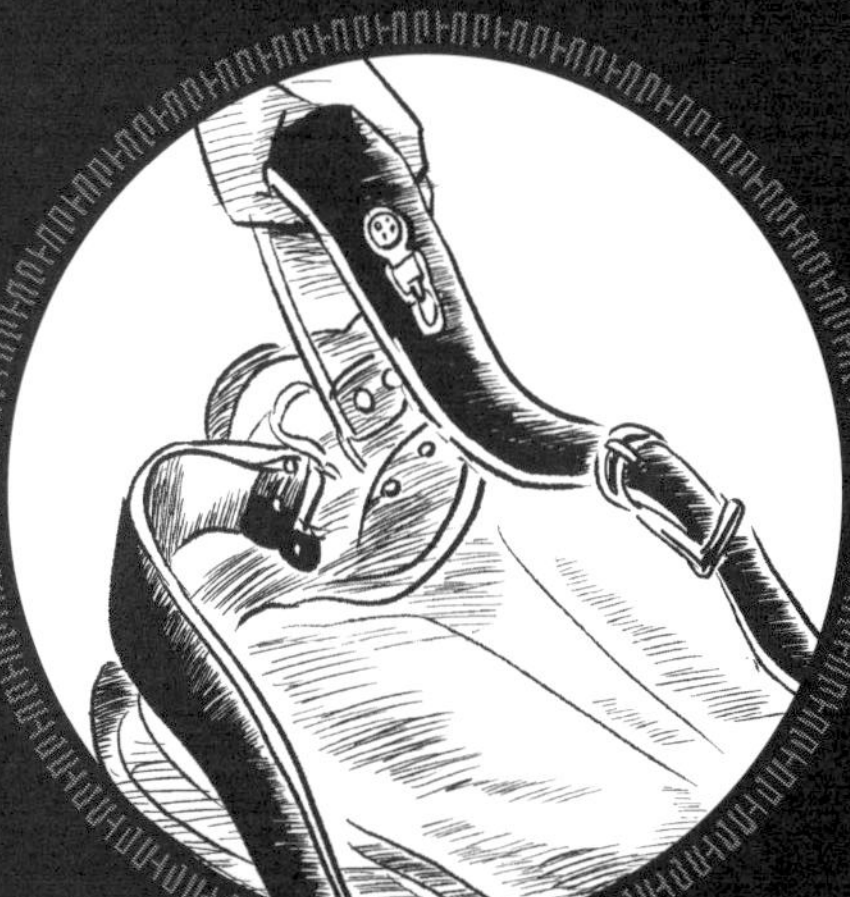

ズズ、ズズ……

学校の帰り道、ランドセルの
肩《かた》ベルトを持《も》って、引きずって
歩いている子がいた。
見たことない子だった。
声をかけるかまよったけど、
ランドセルが傷《きず》だらけ、ドロだらけで、
なんだかかわいそうだった。
ぼくは、思いきって
声を出した。

「ねぇっ！　それ背負《せお》ったら？」
その子は、聞こえなかったみたいに
ふり向《む》かず、そのまま歩いている。
「……あの！　ランドセル
引きずってるの、
よくないいんじゃない？」

その子は、しばらく歩いてから
ふり向《む》いて、めんどくさそうに
こう言った。
「こうしないと、
コイツはダメなんだ」――
そして、ランドセルを地面《じめん》にたたき
つけ、また引きずって歩きだした。
「大事《だいじ》にしてあげないと
かわいそうじゃんっ！」
ぼくはつい、怒《おこ》ってしまった。
すると、その子はぼくをじっと見て、
言った。
「――知らないよ？」
そして、肩《かた》ベルトから
パッと手をはなした。そのとたん、

ランドセルのフタの部分《ぶぶん》が
ガバアッ！
と口みたいに大きく開《あ》いて、
ぼくに向《む》かってきた。
まるで犬がかみつく時みたいに。

だれに言っても信《しん》じて
もらえないけど、
本当に、
生きてるみたい
だったんだ……。
こわくて、
猛《もう》ダッシュで
にげた。

第21話

坂《さか》の上の
スーツケース

手足が生えてるスーツケース

って見たことある？
「開《あ》けてぇっ開《あ》けてぇっ！」
って叫《さけ》びながら、坂道《さかみち》をくだって
追《お》いかけてくるんだ。

その中には、かつて殺《ころ》されて
スーツケースで運《はこ》ばれた
死体《したい》の幽霊《ゆうれい》が入ってる。
もし、そのスーツケースに
追《お》いつかれたら……
体をつかまれて、
中に閉《と》じこめられてしまうんだって。

第22話

幽霊《ゆうれい》の道

このあいだの夜――
わたしがウトウトしていたら、
二段《だん》ベッドの下から妹が
そろっと顔を出して、
「……となりに、だれかいる」
って言ってきた。

「……え、またぁ？」
最近《さいきん》、妹は毎日のように
上の段《だん》のわたしのところにきて、
いっしょにねたいと言ってくる。
せまいし、暑《あつ》いし、マジでヤだ。
「ウソつかないで。
今日はぜったい、きちゃダメ！」
――妹は、ワッと泣《な》きだして、

「本当にだれかいるのっ！」

と必死《ひっし》で言った。

「……じゃ、わたしが下のベッドにねる。それでいい？」

妹はうなずいて、わたしのふとんにもぐりこんできた。

はぁ、やっと眠《ねむ》れる。

妹の寝息《ねいき》が聞こえて、ホッとしてわたしもすぐに寝落《ねお》ちてたと思う。

…サワサワ…**サワサワ……**

足の先に何かがふれる感《かん》じがして、くすぐったくて、足を引っこめた。

…サワサワ………**へ？　なに？**

…シャン…シャン…シャン…
こんどは鈴《すず》みたいな音が、
はっきり聞こえてくる。
そして、見てしまった——

ザザザと横切《よこぎ》る
黒い影《かげ》。
ゾロゾロと連《つら》なる
和服《わふく》を着た
男の人たちの行列《ぎょうれつ》。

わたしは、あわてて
目をつぶった。
その夜は、鈴《すず》の音も人の気配《けはい》も、
ひと晩中《ばんじゅう》つづいた。

そういえば、うちのおばあちゃんが、
「わが家のうらの神社《じんじゃ》には
幽霊《ゆうれい》の通り道がある。
『**霊道**《れいどう》』っていうんだ。
ご先祖《せんぞ》さま方《がた》は、ときどき
その道を通って、町を見にくるんだよ」
って言ってたけど……

そんなの、めっちゃこまる！
わたしは妹と神社《じんじゃ》に行って、
神様《かみさま》にお願《ねが》いした。
「**ご先祖**《せんぞ》**さまの通り道を**
変《か》**えてください！**」
そしたら、妹もベッドの下の段《だん》で平気《へいき》で
ねられるようになったんだけど……

まだたまに、
ベッドの中で、
だれかが通るような
気配《けはい》を感《かん》じることが
あるのです。

霊《れい》の皆《みな》さん
こちら
でーす
こっちは
ダメでーす

第23話

ハロウィンのガイコツ

ハロウィンの飾《かざ》りつけに使《つか》われる
ガイコツには、たま～に
本物《ほんもの》がまざってるんだ。

ある小学校のハロウィンパーティーの時も、
ガイコツがいくつも飾《かざ》りに使《つか》われていた。
パーティーの最後《さいご》、みんなでダンスを
おどっていたら、いつのまにか
ガイコツがダンスの輪《わ》に加《くわ》わっていた。
それを見たひとりの男の子が……

**「あのガイコツ、お兄ちゃんと
同じステップふんでる！」**
って言いだした。
その子のお兄ちゃんは、3年前に
誘拐《ゆうかい》されて、行方不明《ゆくえふめい》のままだった。
その日、お兄ちゃんの骨《ほね》は、
やっと家に帰ることができたんだって。

第24話

ブラッディ・マリー

あの〈マリー〉を呼《よ》ぶ方法《ほうほう》を聞いてしまった。

1、女の子だけでお泊《と》まり会をする
2、真夜中《まよなか》に電気をつけないで
トイレに行く
3、鏡《かがみ》の前に立って、声を合わせて
「ブラッディ・マリー」

と3回となえる。
4、トイレの水を3回流《なが》す
5、5つ数えて、みんなでいっせいに
鏡《かがみ》を見る

するとそこには――

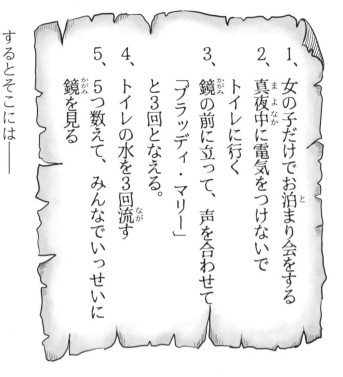

血《ち》まみれのマリー

が、あらわれる。

もし、マリーが笑《わら》っていたら、
そのつぎの日は
とっても幸《しあ》せな日。
いいことが起《お》こる。
マリーが泣《な》いていたら、
何も起《お》こらない。
ふつうの日。
でも、もし、
怒《おこ》っていたら——

鏡《かがみ》を見た全員《ぜんいん》に、家族《かぞく》もふくめて、

とてもおそろしいこと

が起《お》こる……。

でも、安心《あんしん》してね。

そうならないようにしたければ、

髪《かみ》の毛の束《たば》を3センチくらい切って

トイレに流《なが》して、声を合わせて

「ブラッディ・マリーにはもう会わない」

って言えばだいじょうぶなんだよ。

髪《かみ》まとめた方が、ぜったいカワイイって！
ネイルピンク系《けい》でいいよね？
ワンピ貸《か》してあげる
やっぱりお肌《はだ》、まっ白キレー

第25話

幽霊《ゆうれい》ホテル

ぼくのおじいちゃんが住《す》んでる町には、
百年以上《いじょう》つづく、古いホテルがある。
そのホテルのオーナーは、毎朝、
ふたつのカップに紅茶《こうちゃ》をいれる。
一杯《ぱい》は自分に。
もう一杯《ぱい》はホテルに住む幽霊《ゆうれい》に。
ときどき、だれも見ていないうちに
幽霊《ゆうれい》が紅茶《こうちゃ》を飲《の》んでいって
カップが空《から》になっていることがあるんだって。

ある日、宿泊客《しゅくはくきゃく》の子が、イタズラで
幽霊《ゆうれい》用の紅茶《こうちゃ》のカップに塩《しお》を入れたんだ。
その晩《ばん》、ホテルでは、電気が消《き》えたり、
ベッドがガタンガタンゆれたり、
ポルターガイスト現象《げんしょう》が
すごかったらしいよ。

第26話

呪物屋《じゅぶつや》さん

夕方の通学路《つうがくろ》に、
きみょうなものを売る男
があらわれるようになった。
おじいさんってほど年寄《としよ》りじゃないけど、
髪《かみ》の毛は真《ま》っ白で、目がやたら大きい。
道のはじにゴザをしいて、竹の筒《つつ》を置《お》いて、
子どもが通ると、必《かなら》ず手まねきしてくる。

その男は、**呪物屋《じゅぶつや》さん。**
竹筒《たけづつ》の中では「クダ」っていう
キツネを飼《か》っているんだって。
ゴザの上には、竹筒《たけづつ》以外《いがい》、何もない。
呪物屋《じゅぶつや》さんが売っているものは――

「ひみつ」。

人のひみつを売ってくれるけど、
お金は取《と》らない。
そのかわり、
自分もひみつを話さないと
いけないいんだ。
つまり、引きかえってこと。

もし、ひみつを話さなかったり、
作り話のひみつを言ったりしても、
呪物屋《じゅぶつや》さんは怒《おこ》ったりしない。

そのかわり——

そっと竹筒《たけづつ》を開《あ》けると、その子を
あっという間にキツネに変《か》えて、
筒《つつ》の中に閉《と》じこめてしまうらしい。
そして、呪物屋《じゅぶつや》さんの手下、
クダにしてしまうんだって。

ぼくには、お母さんのおっぱいが
スヌーピーの顔みたいっていう
とっておきのひみつがあるんだけど、
最近《さいきん》、なかなか呪物屋《じゅぶつや》さんに
会えないんだよなぁ……。

第27話

帰らない コックリさん

その日の休み時間、わたしたちは、
ゲーム感覚《かんかく》の軽《かる》い気持《きも》ちで
〈コックリさん〉をやっていた。
ノートにひらがなの50音を書いて、
その下に、『はい』と『いいえ』、
そして鳥居《とりい》のマークを書いて。
そして、10円玉がわりの消《け》しゴムの
上に、わたしとミサキちゃん、
ふたりでひとさし指《ゆび》を乗《の》せた。

「コックリさんコックリさん
おいでましたら『はい』のほうへ」

――スススス……

消《け》しゴムが引っぱられるような感覚《かんかく》と
ともに『はい』の位置《いち》に移動《いどう》した。

ビックリした表情《ひょうじょう》のミサキちゃんと目が合う。
わたしは（知らないよ）と首を横《よこ》にふった。
「おおぉ……すっげぇ〜……」
まわりで見てた子たちも、感動《かんどう》してる。
本当に、コックリさん呼《よ》べたんだ……。
わたしは、なんだかワクワクしてきた。
コックリさんにいろんなこと聞いてみよう！
「つぎの漢字《かんじ》テスト何が出る？」とか
「クラスのだれがだれを好《す》き？」とか、
もりあがって、どんどん質問《しつもん》していたら――
♪キーンコーンカーンコーン
チャイムが鳴った。
わたしたちはあわてて、声を合わせてとなえた。
「**コックリさんコックリさん　おかえりください**」
すると……消《け》しゴムが動《うご》いて――

「い」「や」「だ」

何度《なんど》たのんでも同じ。

ミサキちゃんは目になみだをためている。

わたしはあせって、消《け》しゴムから指《ゆび》をはなしてしまった。

「あーあ、とちゅうで指《ゆび》をはなしたら、のろわれちゃうんだよぉ」

まわりからひやかしの声がして、わたしも泣《な》きそうに……。

すると――

ケ――――ン

キツネのような鳴き声がひびいて、教室がシーン……となった。

「うるさいぞ！」

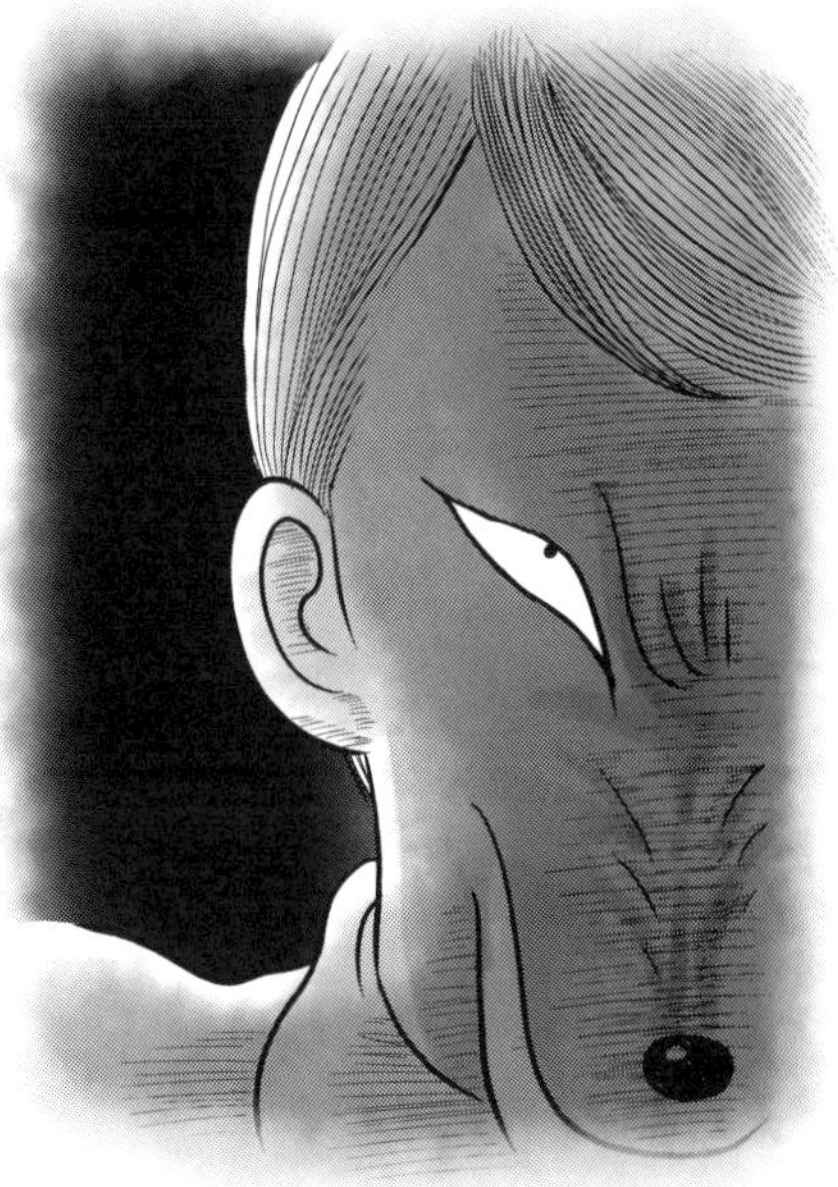

ガラッ！
と教室のとびらを開けて、
怒《おこ》った先生が入ってきた。
その目はつり上がって、
まるでキツネのよう。
――ゾッとした。

授業《じゅぎょう》がおわるころには、先生は、
いつもどおりのやさしい先生に
もどっていた。
ミサキちゃんも、何もなかったように、
ふつうにすごしてる。
気のせいだったのかな？
だけどね……

あの日から、先生がね……

とうとつに黒板《こくばん》に
「かえらない」

「ずっといる」

とか書くことがあって、めっちゃこわい。

けっきょく
ずっといました。

第28話

この人、知りませんか？

ユイちゃんのお父さんはマンガ家。
今どきめずらしく、ペンと紙で
マンガを描《か》いているんだって。
でね、そのお父さんが、
徹夜《てつや》つづきで頭がボーッとしていると
たまに勝手《かって》に手が動いて、
描《か》いてしまう絵があるらしいんだ。

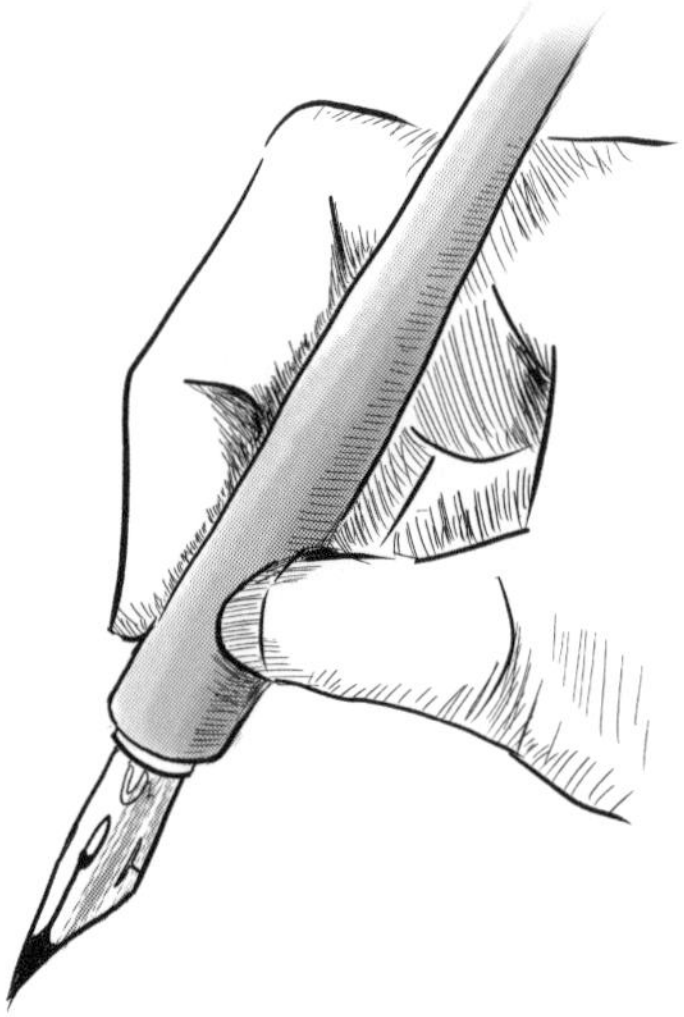

見たこともない、
全然《ぜんぜん》知らない
男の人の顔。
顔の角度《かくど》や服《ふく》がちがっても、
いつも同一人物《どういつじんぶつ》。

お父さんはだんだん、
「この人、だれだろう？」と気になって、
ある日たまらず、その絵を町の掲示板《けいじばん》にはった。
——**「この人、知りませんか？」**って。

しばらくすると、その男の人を
知っているという人から
連絡《れんらく》があった。
近所《きんじょ》に住《す》んでいるおばあさんで、
「むかし、ここに住《す》んでたけど……」
と指《ゆび》さしたのは——

ユイちゃんの家だった。

「ずいぶん前に、
行方《ゆくえ》不明《ふめい》になっちゃったのよ」
そう言って、
おばあさんは帰って行った。
「もうこわいから、やめよう……」
お父さんはそれ以来《いらい》、
その男の人の話をしなくなった。

この人、今
どこにいるか
知りませんか？

第29話

14番の席《せき》

わたしが以前《いぜん》住んでいた町にある
古い映画館《えいがかん》では、
14番の席《せき》には、だれも絶対《ぜったい》に座《すわ》りません。
そこには、むかし、その席《せき》で映画《えいが》を観《み》ながら
亡《な》くなったおばあさんが
今も座《すわ》っているから……だそうです。
そのおばあさんは毎日その映画館《えいがかん》に通って、
いつも14番の席《せき》に座《すわ》っていたそう。

でも、べつのウワサでは、
その映画館《えいがかん》の場所《ばしょ》はもともと処刑場《しょけいじょう》で、
14番の席《せき》の位置《いち》に
断頭台《だんとうだい》が置《お》かれていたから、
とも言われています。

第30話

割《わ》れた
まねき猫《ねこ》

ガシャン、ガシャンッ！
おばあちゃんがものすごいいきおいで
まねき猫《ねこ》をたたき割《わ》る。どうして
そんなことをしてるかっていうとね……

ぼくの家は、地元ではちょっと評判《ひょうばん》の
イタリア料理《りょうり》のレストラン。
その近所に、少し前に新しくいい感《かん》じの
パスタ屋《や》さんができた。

開店《かいてん》した週は、割引《わりびき》サービスもあって、
行列《ぎょうれつ》ができるほどの大にぎわいだった。
うちの店がランチの時間、
満席《まんせき》にならないのは
めずらしかったから、
「今日はすいてたね」って
おばあちゃんに言ったけど、
何も返事《へんじ》はなかった。
それからしばらくした夜。
ガシャン ガシャン——

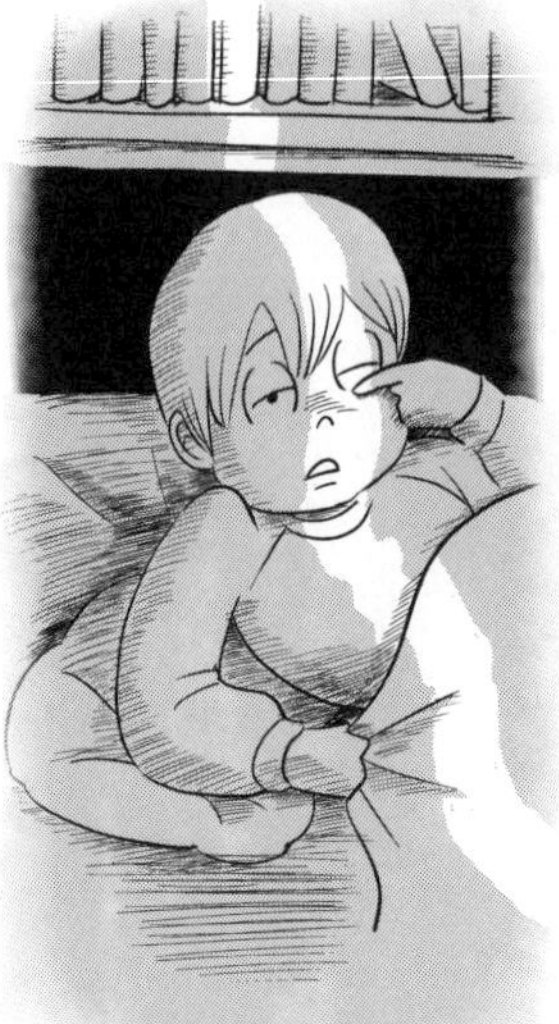

ガシャン、ガシャンッ！

倉庫《そうこ》のほうから、ものすごい音がした。
窓《まど》から、おそるおそる外をのぞくと……

「アンブラァッ！」

おばあちゃんがさけびながら、
ズダぶくろを何度《なんど》も何度《なんど》も、
地面《じめん》に叩《たた》きつけてたんだ。
〈アンブラ〉ってのは、新しくできた
あのパスタ屋《や》さんの名前。

——**ゾッ**とした。

「……何してるのっ？」
勇気《ゆうき》を出して、ぼくは声をかけた。

おばあちゃんは、ぬうっとふりむき、
「はぁ。これでええやろ」
おどろく様子《ようす》もなくズダぶくろを
広げた。ふくろの中で、まねき猫《ねこ》は
こなごなになっていた。
「……なんでこんなことするん？」
「タケルもうちの店つぐんやから
知っときぃ。商売《しょうばい》がたきの店が
できたらまず、まねき猫《ねこ》を
買《こ》うてくるんや。
そんで、その店の名前を言いながら、
そいつをてってい的《てき》にたたき割《わ》る！
ほんで、その破片《はへん》の、
でっきるだけギザギザ
とがったやつをな、

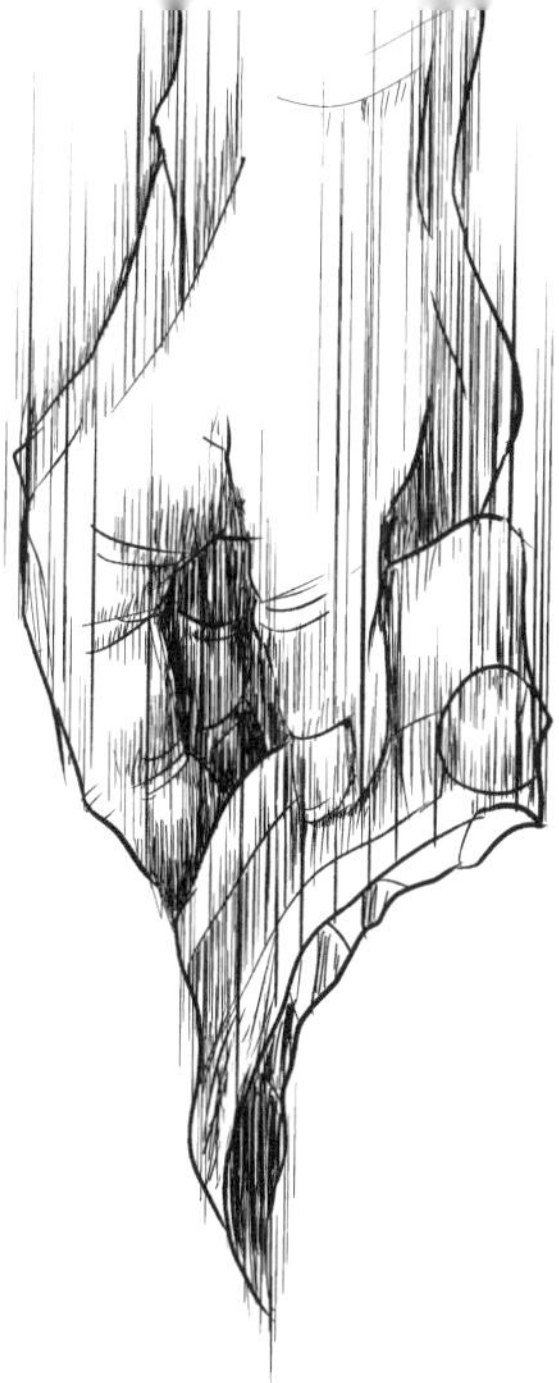

相手《あいて》の店の敷地内《しきちない》に埋《う》めたんねん。
そしたら、じきに……

消《き》えてくれるわ」

そう言って、おばあちゃんは
パスタ屋《や》さんの小さな花壇《かだん》の土の中に、
とがった破片《はへん》をズブッと埋《う》めこんだ。
——つぎの日。

〈アンブラ〉では、小さな火事《かじ》があって、
しばらく営業停止《えいぎょうていし》になってしまった。
そのあとも、ゴミの出し方なんかで
町内会の人たちともめたりして、
いろいろうまくいかなくなって、
この前ついに、つぶれちゃったんだ。
そういえば……

お客様へ
トラットリア アンブラは
10月18日をもちまして
閉店させて頂きます。
御愛顧を頂きまして
ありがとうございました。
アンブラ店主

こないだ、お母さん、
「わたし、まねき猫《ねこ》
コレクターやねん」
って笑《わら》ってたな……。

もしかして、
急《きゅう》につぶれちゃった
あの店も、この店も……？
うちの店が長く
繁盛《はんじょう》してるのって、
まさか……!?

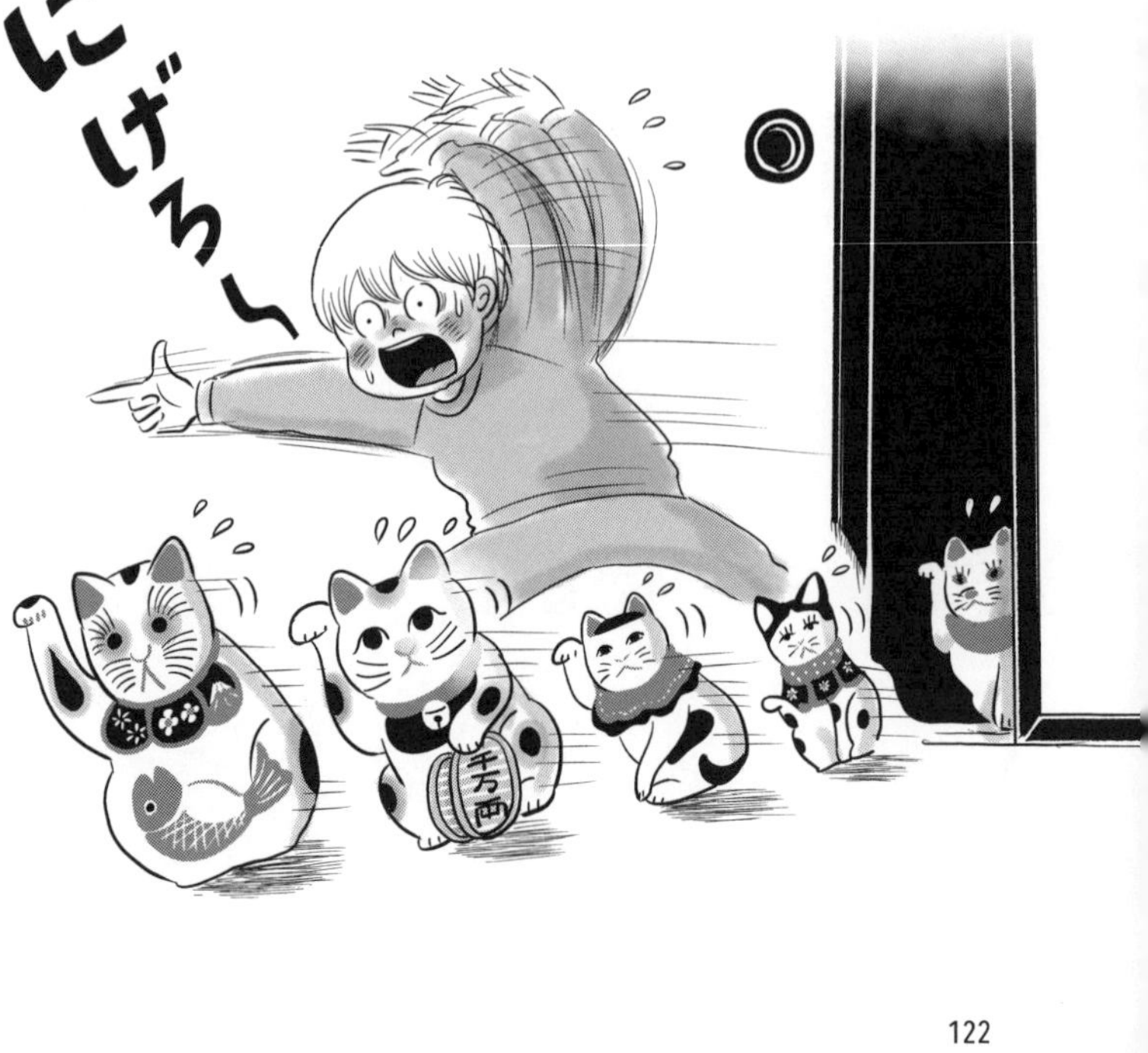

第31話

くさい家

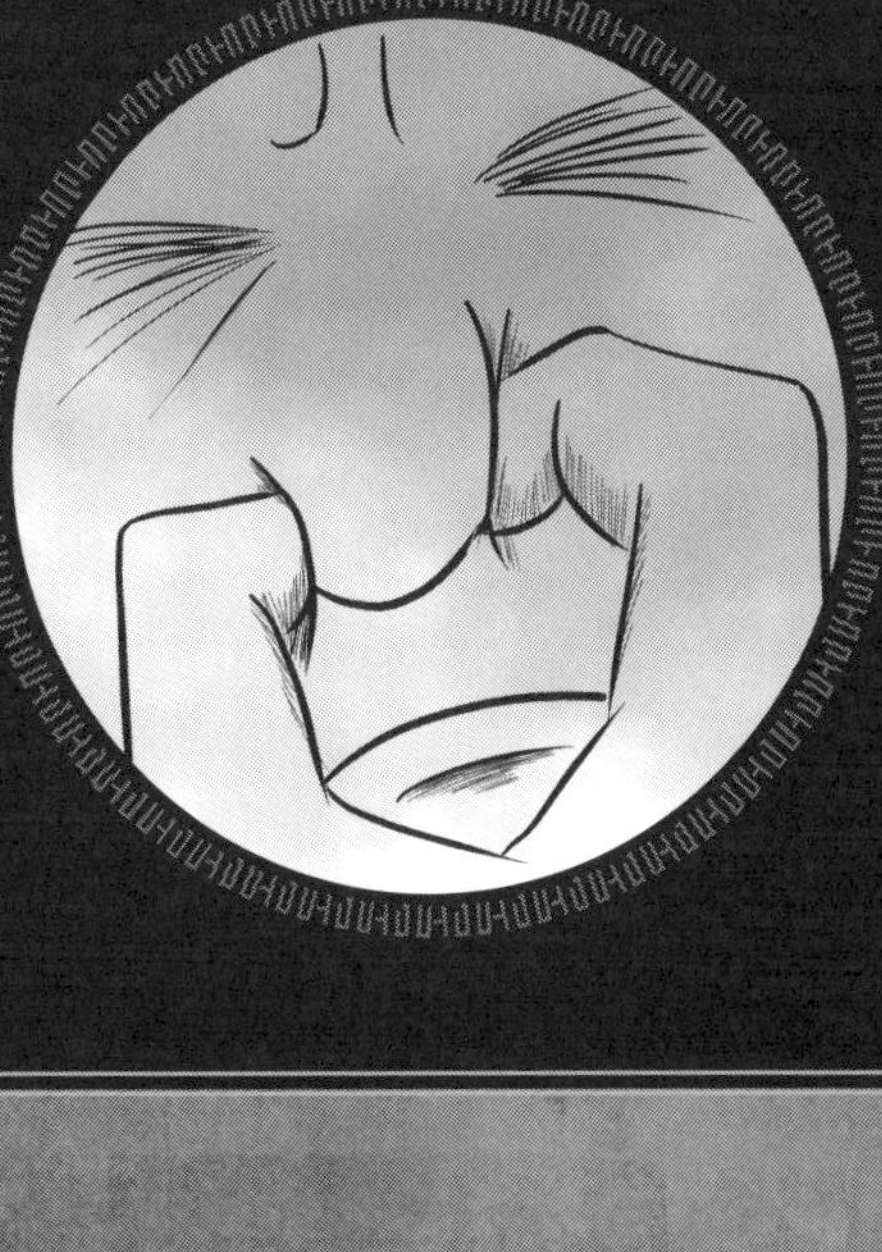

学校の帰り道、**あの家**が
近づいてくると、うんざりする。
風向《かざむ》きが悪《わる》いと、遠くからでも
プゥ〜ンとくさった
ような強烈《きょうれつ》なニオイ
がする、あの家。
ぼくらはいつも鼻《はな》をつまんで、
ダッシュで通りすぎる。

あの家は、事故物件《じこぶっけん》らしい。
むかし、住人《じゅうにん》が亡《な》くなって、ずっと
だれにも気づいてもらえず、
腐乱死体《ふらんしたい》になってから
発見《はっけん》されたんだって。
その後、取《と》りこわされて——

新しい家が建《た》った。

その家は、新築《しんちく》なのに、
なぜか玄関《げんかん》から、くさったような
強烈《きょうれつ》なニオイがする。
家賃《やちん》がすごく安《やす》いので、
住《す》む人はあらわれるけど、
すぐに引っ越《こ》ししてしまう。
あんなニオイの中で暮《く》らすなんて、
だれだってイヤだろうと思う。
そしてまたしばらく空《あ》き家《や》だった
あの家に、今は
長〜く住《す》んでる人がいる。
その人は——

くさいニオイがぜんぜん平気。
むしろそのニオイが
チーズや納豆《なっとう》を連想《れんそう》させるから、
「ごはんが止まらない。
太ってこまっちゃう」
って言ってるらしい……。

ナゼきかない…
もうこの人ムリです…
おちつく香《アロマ》りやわぁ

第32話

ずり子さん

ずり子さんは、子どもの髪《かみ》の毛とか、
ひざこぞうのカサブタなんかが大好物《だいこうぶつ》。
ずり子さんがおなかをすかせている時に
すべり台をすべってしまうと、
いつのまにか、
体の一部《いちぶ》をえぐられたような
傷《きず》ができてるんだって。

もし、すべり台で遊《あそ》んでいて、
知らないうちに傷《きず》ができていたら、そこには
ずり子さんがいるかもしれない。
ずり子さんのすがたは、だれにも見えない。
でも、
「あぁ……おいしい、おいしい」
って声は、聞こえることがある。

第33話

スリッパの小人

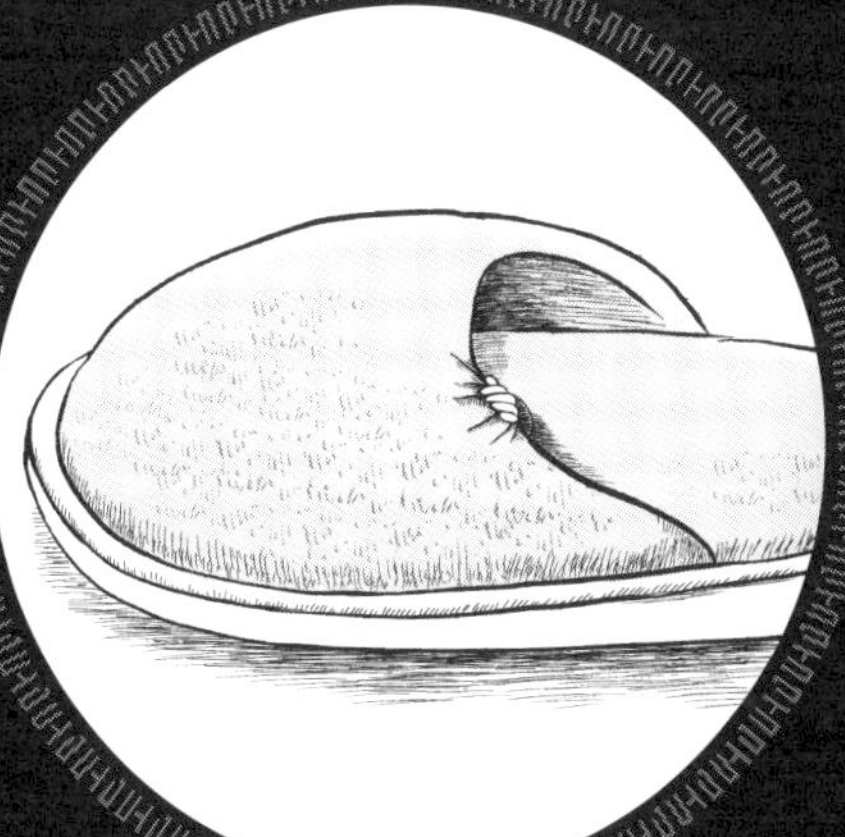

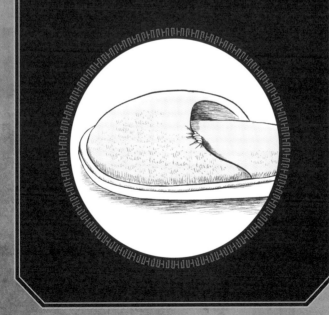

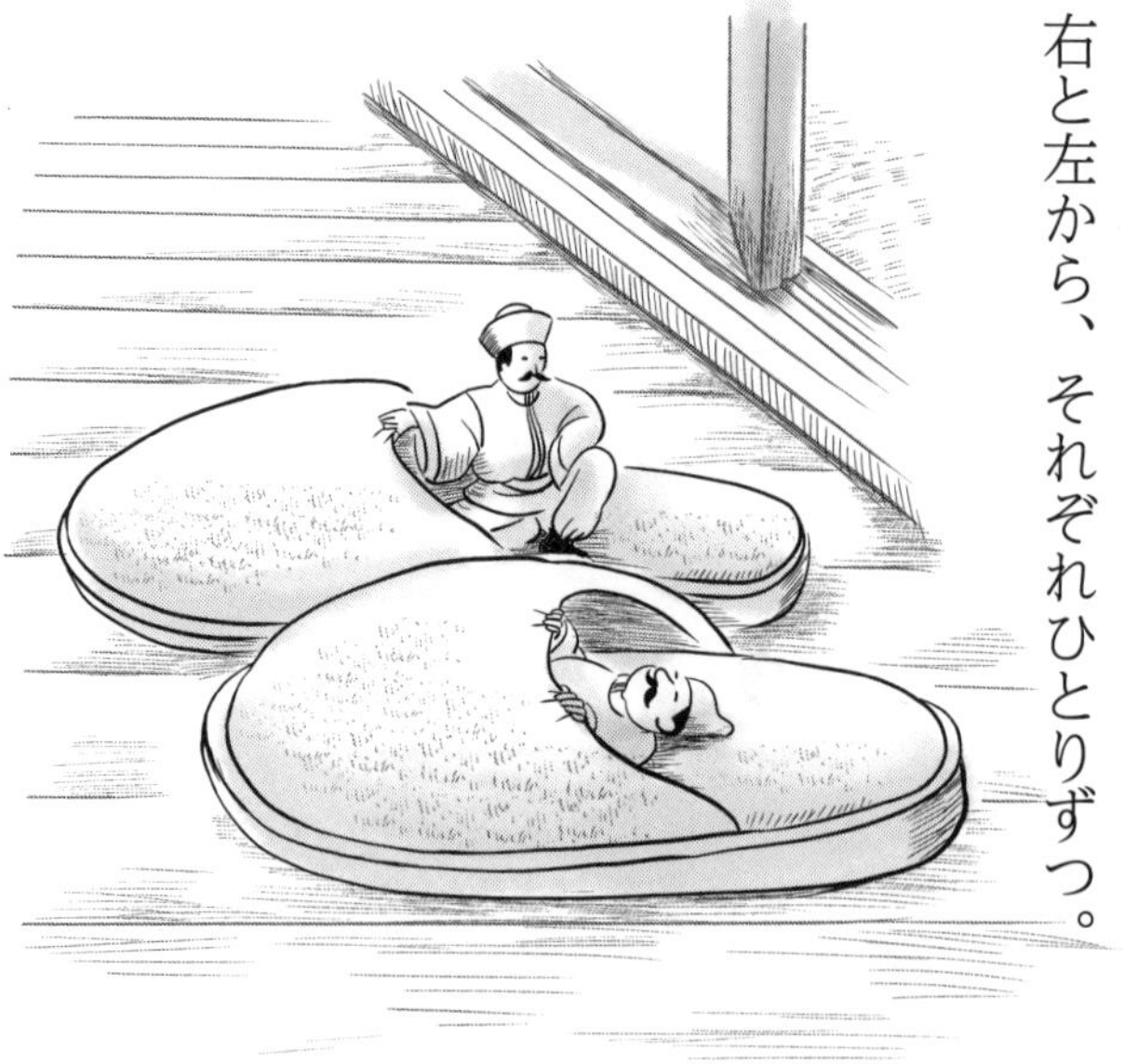

うちの玄関《げんかん》で――
お父さんがぬぎっぱなしにしていた
スリッパの中から
小さい人が出てくるのを見た。
右と左から、それぞれひとりずつ。

その小人《こびと》のひとりが、
リビングで昼寝《ひるね》していた
3歳《さい》の弟の髪《かみ》の毛をつかんで、
思いきり引っぱった。
弟はもちろん、起《お》きてしまった。
しかも……

「にいにがいたくしたぁ〜」

とぼくを指《ゆび》さして大泣《な》きしたので、ぼくはお母さんに、めっちゃ怒《おこ》られた。

「スリッパから出てきた小さい人がやったんだよ！」

――何度《なんど》言っても信《しん》じてもらえない上に、もっと怒《おこ》られた。

お父さんにも言ったのに、爆笑《ばくしょう》された。

すごくムカついた。だって……、もとはと言えば、お父さんがスリッパをぬぎっぱなしにしたせいなのに！

だから――

ぼくは最近《さいきん》、〈**小人《こびと》おびき出し**〉**作戦《さくせん》**を実行《じっこう》している。
お父さんのスリッパの近くでねたフリをしてるんだ。
こんどあいつらが出てきたら、ぜったいにつかまえて、お母さんに見せる。
それからひもをつけて、宿題《しゅくだい》を手伝《てつだ》わせるんだ……！

今回はここまで。
愛読者《あいどくしゃ》カードなどで
ぜひ君《きみ》が知ってる
こわい話もおしえてね。

岩田すず

いわた・すず 漫画家(旧/岩田ユキ)。短編漫画「おナスにのって」(アクションカミカゼ賞佳作)「悪者のすべて」(小学館新人コミック大賞青年部門入選)などがある。映画脚本・監督作品として、「指輪をはめたい」「8ミリメートル」「檸檬のころ」がある。

田辺青蛙

たなべ・せいあ 小説家。大阪生まれ。オークランド工科大学卒業。2006年、「薫糖」で第4回ビーケーワン怪談大賞佳作受賞、『てのひら怪談』に掌編が収録される。2008年、「生き屏風」で第15回日本ホラー小説大賞短編賞を受賞。2010年、「映写眼球」で「みちのく怪談コンテスト」高橋克彦賞受賞。また、小説のほかに、夫の芥川賞作家・円城塔との共著『読書で離婚を考えた。』がある。

ブックデザイン アルビレオ

全国小学生《ぜんこくしょうがくせい》
おばけ手帖《てちょう》
とぼけた幽霊《ゆうれい》編《へん》

2024年3月5日　初版発行
2024年5月1日　第2刷発行

作者
岩田すず

原案
田辺青蛙

発行者
吉川廣通

発行所
株式会社静山社
〒102-0073 東京都千代田区九段北1-15-15
TEL 03-5210-7221
https://www.sayzansha.com

印刷・製本
中央精版印刷株式会社

編集／足立桃子

ISBN978-4-86389-772-4